Liés par un baiser

ANNIE WEST

Liés par un baiser

Traduction française de
BARNABÉ D'ALBES

AZUR

HARLEQUIN

Collection : Azur

Titre original :
CONTRACTED TO HER GREEK ENEMY

HARPERCOLLINS FRANCE
83-85, boulevard Vincent-Auriol, 75646 PARIS CEDEX 13
Service Lectrices — Tél. : 01 45 82 47 47 - www.harlequin.fr
ISBN 978-2-2804-4816-1 — ISSN 0993-4448

Composé et édité par HarperCollins France. Achevé d'imprimer en janvier 2021.
par CPI Black Print - Barcelone - Espagne
Dépôt légal : février 2021.

MIXTE
Papier issu de sources responsables
FSC® C159065

Pour limiter l'empreinte environnementale de ses livres, HarperCollins France s'engage à n'utiliser que du papier fabriqué à partir de bois provenant de forêts gérées durablement et de manière responsable.

1.

— Je n'en peux plus, Damen. Trop, c'est trop ! Je vais partir. Le plus loin possible !

Damen considéra Clio avec étonnement. Elle n'avait jamais été du genre à prendre la fuite.

— Allons… Ça ne peut pas être aussi effroyable que tu le dis, lui dit-il.

Comme elle le fusillait du regard, il comprit qu'il venait de commettre un impair. Maladresse d'autant plus impardonnable qu'il avait grandi sans frère, avec deux sœurs : il connaissait et respectait le tempérament féminin.

— Quoi ? Tu plaisantes ?

Clio secoua vigoureusement la tête. Ses longues boucles d'oreilles à plumes claquèrent sur ses joues.

— Il n'y a pas que moi qui en deviens chèvre ! enchaîna-t-elle. Maman aussi ! C'est devenu le seul et unique sujet de conversation. Je n'ose même plus paraître devant lui, parce que aussitôt il repart en boucle avec son sermon.

Alors qu'elle observait une pause pour reprendre son souffle, Damen s'aperçut, horrifié, qu'elle avait les larmes aux yeux. Il n'avait jamais vu Clio pleurer. Pourtant, elle était comme une troisième sœur pour lui. Ils se connaissaient depuis toujours, ayant partagé tous leurs étés d'enfance, même s'ils n'étaient que des cousins éloignés.

Le menton de Clio se mit à trembler. Elle baissa la tête en poursuivant :

— Le mariage de Cassie sera célébré dans dix jours à peine, et je ne suis même pas sûre d'être capable d'y assister. Tu te rends compte ? Les noces de ma propre sœur !

Un nœud douloureux se formait dans l'estomac de Damen. Clio souffrait, et il s'en sentait responsable. Il aurait dû se rendre compte que…

— Tout ce que mon père sait faire, désormais, c'est me rappeler que je suis l'aînée, que c'est moi qui aurais dû me marier la première. Que toi et moi, nous sommes parfaitement assortis, et que je suis une odieuse petite égoïste si je refuse de convoler avec un homme remarquable sous tous rapports.

Elle secoua la tête d'un air excédé et conclut :

— Oh ! naturellement, il prend garde de ne jamais mentionner que l'un de ces rapports, c'est ton immense fortune !

Damen réprima une moue amusée, conscient que sa cousine n'avait guère envie de rire. Manos avait toujours été un homme difficile. Doté d'un tempérament fort, il était capable de se transformer en tyran domestique lorsqu'il était contrarié et d'infliger ses humeurs à toute sa famille. Hélas, quand il se mettait une idée dans la tête, c'était pour de bon. Impossible de lui faire renoncer à ses objectifs.

— Je suis vraiment désolé, Clio, déclara-t-il avec sincérité. C'est entièrement ma faute. Si je ne t'avais pas…

— Ah non ! Ne fais pas ton macho en m'expliquant que c'est ta faute, Damen Nicolaides ! Je sais que tu as l'habitude de porter les responsabilités de chacun dans n'importe quelle situation. Cependant, dans ce cas précis, nous sommes deux à mériter le blâme. Pourquoi crois-tu que j'aie accepté tes invitations ? Tu t'imagines que je n'étais pas enchantée d'assister à toutes ces soirées VIP ? Est-ce que je n'ai pas rempli mon carnet d'adresses de clients potentiels pour ma société ?

— Peut-être, soupira-t-il, mais c'était mon idée.

Il en avait assez de servir de cible privilégiée aux femmes qui cherchaient mieux qu'une aventure d'un soir. Il avait beau être clair, se montrer franc, expliquer qu'il n'avait rien d'autre à proposer qu'une très brève liaison… De toute évidence, elles étaient certaines qu'à force de ruse et de persuasion, elles le feraient changer d'avis.

Ainsi, quand Clio avait accepté de l'accompagner à des soirées, pas de façon systématique, mais assez souvent pour être identifiée comme sa petite amie, tout était devenu plus simple pour Damen. Ses maîtresses étaient bien obligées de se faire à l'idée qu'il n'était disponible que provisoirement.

— Tu n'as rien fait de mal, Damen, dit Clio en posant doucement sa main sur la sienne.

Il releva les yeux vers elle. Comment avait-elle deviné que la culpabilité l'étranglait ? En ne se préoccupant que de son petit confort, il avait placé sa cousine dans une situation impossible. C'était à lui de la sortir de ce mauvais pas, et pourtant c'était elle qui éprouvait le besoin de le réconforter… Empli de gratitude, il lui sourit, tâchant de tuer dans l'œuf la colère qu'il sentait sourdre envers Manos.

— Eh bien disons que ce n'est la faute de personne.

Nom d'un chien, ils étaient adultes. Ils avaient le droit de se rendre à des soirées et de s'amuser sans être obligés de coucher ensemble ou de se marier !

— Mais cela ne résout pas le problème que te pose ton père, enchaîna-t-il. Il faut trouver le moyen de lui ôter sa lubie sans qu'il en conçoive une déception trop grande… Sinon, cela retomberait encore sur toi.

Clio eut un petit rire sceptique et s'effondra dans un fauteuil. Le salon où ils s'étaient réfugiés pour discuter était calme, en dépit de l'agitation qui régnait partout ailleurs dans la villa. D'une main distraite, elle lissa sa longue robe de soie tout en dégradé de rose. Elle avait ôté la capeline tenant mal sur son chignon d'un blond lumineux. Cette tenue la faisait ressembler à une fillette déguisée en princesse, mais elle était parfaite pour la cérémonie à laquelle il la conviait aujourd'hui : le meilleur ami de Damen se mariait !

— Impossible, geignit-elle. Je t'assure : il vaut mieux que je m'en aille. Je vais partir m'installer en Tierra del Fuego.

Damen fut soulagé de sentir son humour revenir à la surface, malgré les circonstances.

— C'est vrai ? railla-t-il. Tu sais où ça se trouve, au moins ?

Elle leva les yeux au ciel.

— Oh ! ça va… Eh bien au fin fond de l'Arctique, alors ! Je ferai de la décoration d'intérieur pour les igloos.

Cette fois, il ne put s'empêcher de rire, car Clio en était capable ! Elle avait beaucoup de talent et savait relever n'importe quel défi…

Sauf celui de se sortir seule de cet imbroglio. Ni elle ni Damen ne parviendrait aisément à convaincre Manos qu'ils n'étaient pas faits l'un pour l'autre – d'autant plus que sa fortune faisait partie de l'équation. Comme toujours.

C'était d'ailleurs l'autre raison pour laquelle il s'était résolu à faire passer sa cousine pour sa compagne : éloigner les chasseuses de prime, les ambitieuses aux dents longues. Un milliardaire grec, célibataire, jeune trentenaire, en possession de ses cheveux et de toutes ses dents, épargné par toutes difficultés malgré la crise qu'avait traversé son pays… C'était une sacrée prise. Le gros lot, en somme.

— Oublie tes igloos et laisse-moi faire, répondit-il.

— Tu as une idée ? s'enquit-elle, une note d'espoir dans la voix.

Damen acquiesça d'un hochement de tête.

— Disons qu'il y en a une qui est en train de germer dans ma petite cervelle, mais j'ai besoin d'un peu de temps pour la développer. Alors maintenant, fais-moi confiance. Je me charge de Manos.

Il lut un intense soulagement sur le visage de Clio.

— Merci, Damen, dit-elle. J'aurais dû savoir que je pouvais compter sur toi.

Vingt minutes plus tard, Damen se tenait auprès de son meilleur ami qui avait revêtu costume et redingote, prêt à convoler en justes noces. Comme Christo consultait frénétiquement son smartphone, Damen avait tout loisir d'admirer la vue panoramique sur Corfou, mais il préféra concentrer son attention sur les invités qui se pressaient dans le jardin de la villa.

La demeure était si belle, son domaine si vaste et si féerique, avec son accès privé à la plage et ses petits sentiers sinuant sur une colline plantée de cyprès, que les centaines d'invités présents pour la cérémonie étaient dispersées un peu partout, dégustant un cocktail avant l'échange des vœux. Et parmi tous ces invités, des douzaines et des douzaines de ravissantes créatures en robe vaporeuse et capeline…

Parfait. Ce qu'il lui fallait, c'était une femme. Et vite. Une femme apte à tenir le rôle de son amoureuse assez longtemps pour que Manos renonce à croire possible un quelconque avenir pour sa fille et lui.

S'il avait à son bras une toute nouvelle petite amie pour le mariage de Cassie, qui serait célébré dans moins d'une quinzaine de jours, les espoirs de Manos commenceraient déjà à s'effriter. Et si Damen promenait partout sa prétendue dulcinée durant deux ou trois mois, s'il s'affichait auprès d'elle en toute occasion… Oui, cela pourrait fonctionner.

Mais où trouver cette femme ? Il fallait qu'elle soit célibataire, bien sûr. Et séduisante. Manos n'était pas idiot. Et comme il ne les quitterait pas des yeux, il était même indispensable qu'il discerne une réelle attirance entre eux. La flamme du désir.

Or Damen devait choisir quelqu'un qui ne chercherait pas à profiter de la situation pour tenter de nouer une relation. Une femme qui ne voudrait ni se creuser une place dans son cœur, ni s'installer indéfiniment dans sa vie.

Bon sang, où allait-il trouver ça ?

— Enfin, détends-toi !

La voix de Christo l'extirpa de ses pensées.

— C'est moi qui me marie, pas toi, ajouta son ami en riant.

— Impossible de l'oublier, ironisa Damen. Épouser deux fois la même femme, cela relève du prodige, non ?

Christo haussa les épaules.

— La première fois, je ne me suis pas rendu compte de ce qu'elle représentait pour moi. Aujourd'hui, c'est différent. Tout est parfait entre nous. J'espère qu'un jour, à ton tour, tu sauras trouver une femme comme Emma. Une femme qui deviendra le centre de ton univers, l'amour de ta vie.

Damen sentit son sourire s'élargir. Quelle absurdité ! Comme s'il croyait encore à ce genre de fables. Pour les autres, peut-être, mais pour lui ? Hors de question. Il avait perdu sa naïveté une dizaine d'années auparavant.

Mal à l'aise, il voulut repousser le souvenir des événements qui avaient tout changé dans sa vie. Et dans celle de sa famille. C'était le mariage de son meilleur ami, et le moment n'était guère propice à songer à une vieille tragédie et aux erreurs irréparables du passé.

Comme un serveur passait près d'eux armé d'un plateau, il saisit deux coupes au passage et en tendit une à Christo.

— Champagne. À toi, à ta charmante Emma, et…

Il attendit que son ami fasse tinter son verre contre le sien pour conclure son toast :

— Et à ma chance de tomber un jour sur la femme idéale !

En l'occurrence, une demoiselle aussi indépendante qu'irrésistible.

— Tu es magnifique, Emma.

Steph posa les deux dernières épingles pour faire tenir le voile et recula d'un pas. Jamais elle n'avait vu sa meilleure amie irradier d'une telle joie. Le bonheur se lisait sur chacun de ses traits.

— Ce n'est pourtant pas la première fois que tu me voies dans cette tenue, observa Emma d'un ton malicieux.

En effet ; c'était la même robe que celle qu'elle portait lors de son premier mariage avec Christo, avant de le quitter parce qu'elle avait découvert qu'il ne l'aimait pas. Tant de choses s'étaient passées depuis… Et comme par enchantement, Emma et son milliardaire grec avaient résolu leurs problèmes. Aujourd'hui, ils étaient tellement fous amoureux l'un de l'autre que les regarder éveillait la jalousie.

— Steph… Ça ne va pas ? Tu ne te sens pas bien ?

La culpabilité lui noua la gorge. Rien n'échappait jamais à Emma ! Dès l'aéroport, au moment où Steph posait le pied à Corfou, Emma avait compris que quelque chose ne tournait pas rond. Au premier coup d'œil. Persuader son amie qu'elle était juste épuisée par le long voyage depuis Melbourne avait requis des trésors d'ingéniosité.

Pas question de jeter une ombre sur le plus grand jour de la vie d'Emma. Steph n'avait pas encore réussi à trouver une solution à son problème ? Eh bien, elle devrait chercher encore, chercher mieux ; voilà tout. Même si le simple fait de convoquer cette pensée lui faisait courir un frisson d'angoisse dans la nuque… car ses ennuis ne concernaient pas qu'elle.

— Bien sûr que oui, je me sens parfaitement bien ! s'exclama-t-elle d'une voix aussi vigoureuse que possible. Tu ne peux tout de même pas me reprocher d'être émue en te voyant si radieuse ! Tu as l'air d'une vraie princesse, Emma.

L'expression inquiète de la jeune femme fit place à un sourire tendre, et elle acquiesça :

— À vrai dire, je me sens comme une princesse. Pince-moi, que je sois sûre de ne pas rêver.

Au lieu de la pincer, Steph la prit tendrement dans ses bras.

— Je suis si heureuse pour toi… Tu mérites ce bonheur, après ce que tu as traversé.

— Je ne sais pas si je le mérite…

Sans lui permettre de poursuivre, Steph la poussa doucement vers la porte.

— Allons-y, conseilla-t-elle.

Son amie étouffa une exclamation lorsqu'elles quittèrent la chambre et qu'elles virent la foule massée dans le jardin.

Le lieu était somptueux. Sous l'étincelant soleil grec, face à une mer au bleu-vert intense, le parc de la luxueuse villa resplendissait. L'émotion de Steph ne devait pourtant rien à la magnificence du paysage. Elle débordait de joie de voir sa meilleure amie épouser l'homme qu'elle aimait de tout son cœur.

Oh ! bien sûr, il y avait une ombre au tableau. En venant jusqu'ici, Steph avait décidé de ne lui accorder aucune importance.

Mais l'ombre en question se tenait là, devant le buffet, à une dizaine de mètres d'elle. Et elle sentit tout son corps se pétrifier.

2.

Tandis que son sang se remettait à circuler dans ses veines, Steph réprima un léger tremblement. Grand, sa carrure athlétique mise en valeur par son élégant costume, ses cheveux noirs brillant sous le soleil, Damen Nicolaides la fixait de son infernal regard émeraude.

La gorge sèche, elle déglutit péniblement. Oui, il était là. Le traître aux yeux hypnotiques et menteurs, comme ceux d'un serpent. L'homme qui l'avait ridiculisée, la laissant seule avec la pénible impression d'être salie. Chaque fois qu'elle se rappelait cet épisode honteux, elle en avait la nausée. Comment avait-il osé se comporter ainsi, se servir d'elle comme d'un simple instrument qu'on jette après usage ? Visiblement, pour lui, c'était simple. Alors qu'elle éprouvait toujours les pires difficultés dans ses relations avec les hommes. Elle croyait pourtant avoir appris à se méfier d'eux au moins autant que de sa propre naïveté… Or il avait suffi à Damen Nicolaides de lui faire signe d'approcher pour qu'elle oublie la plus élémentaire prudence. Pour qu'elle oublie tout, et qu'elle succombe à son charme vénéneux. Pour qu'elle, si ingénue, si ignorante en matière de relation amoureuse, se laisse aveugler par son charisme, par son extraordinaire aura érotique.

Dans sa bêtise, elle était même allée jusqu'à croire que cet homme-là était différent : loyal et attentionné. Il l'était en effet ! Mais seulement pour son cercle le plus étroit. Avec le reste du monde, il se montrait sans scrupule, impitoyable. Et calculateur.

Ainsi, le souvenir de leur soirée à Melbourne la hantait, faisant tomber toutes ses défenses dès qu'elle se rejouait la scène. Ces derniers temps, c'était arrivé souvent. Presque chaque nuit. Pourquoi, oh pourquoi s'était-elle encore laissé berner par les jolis discours d'un escroc, après ce que Damen lui avait fait ? Non, elle exagérait. Damen n'avait blessé que sa fierté. Seulement… C'était cette blessure qui avait conduit Steph tout droit à la catastrophe dont les conséquences l'attendaient désormais en Australie.

Incapable de faire passer le goût acide qui lui brûlait la gorge et l'estomac, elle se demanda comment elle allait venir à bout de cette cérémonie. Elle n'avait plus le cœur à faire la fête.

Voyons, il fallait qu'elle reprenne ses esprits. Pour Emma. Le cœur battant à coups lourds, elle repéra un petit chemin qui sinuait jusque sur la colline du domaine, et elle s'y précipita le plus discrètement possible.

Seule, la brise tiède sur son visage, l'étendue infinie de la mer sous ses yeux, elle sentit son rythme cardiaque s'apaiser. Voilà. Quelques minutes de calme et d'isolement, et elle parviendrait à présenter son plus beau sourire à la cérémonie, se promit-elle. C'était le grand jour pour Emma : rien ne devait gâcher son bonheur.

— Le cocktail n'est pas à ton goût ?

Aussi veloutée qu'un coulis de chocolat noir, grave et chaude, la voix qui s'éleva derrière elle fit naître une myriade de frissons à la surface de sa peau. Ce timbre, elle l'aurait reconnu entre mille. C'était celui qui la poursuivait chaque nuit dans ses rêves.

Elle sentit tout son corps se crisper.

— J'avais besoin de prendre l'air un moment. Seule.

Le message était-il clair ? Elle espéra qu'il allait partir sans demander son reste. Hélas, c'était trop demander.

— Toujours aussi directe, Stéphanie, n'est-ce pas ?

Il prononçait toujours son prénom en insistant sur chaque syllabe… Retenant son souffle, elle se mordit la lèvre et se tourna lentement vers Damen.

La brise soulevait ses cheveux, barrant son front lisse et mat d'une mèche rebelle. Une sensation familière l'envahit, lorsqu'elle dut faire face à la beauté saisissante de ce visage aux traits harmonieux et purs : mâchoire carrée, lèvres ourlées et sensuelles, nez droit, comme dessiné par un artiste, et… regard d'un vert émeraude – hypnotique. Damen avait un corps de dieu grec, et il exultait la force, la virilité.

— Tu trouves ? Alors tu vas peut-être me permettre de savourer ma solitude ? rétorqua-t-elle sèchement.

Pour toute réponse, il s'esclaffa et approcha de plusieurs pas, indifférent à sa prière.

— Je suis venu trinquer à la paix retrouvée, dit-il en lui tendant une coupe de champagne.

Malgré elle, elle baissa les yeux sur sa main puissante, ses longs doigts bronzés qui serraient le cristal.

— Ou si tu préfères, nous pourrions porter un toast aux jeunes mariés ? ajouta-t-il.

Naturellement. Cet homme était rusé comme un renard.

Furieuse de lui accorder un tel ascendant sur elle, elle accepta le verre et lui décocha un rapide regard.

— Au jeune et heureux couple ! s'exclama-t-il avant de porter le champagne à ses lèvres.

— À Emma et à Christo, murmura-t-elle avant de l'imiter, savourant la fraîcheur fleurie de l'alcool sur sa gorge en feu.

Vu de près, il n'avait rien d'un serpent, constata-t-elle, irritée.

— Eh bien merci pour le verre conclut-elle. Et maintenant, si tu veux bien m'excuser, je retourne dans le parc. La cérémonie ne devrait pas tarder à commencer, et Emma…

— Est entourée de toute sa famille et peut se passer de toi une minute, la coupa-t-il. J'espérais bavarder un peu avec toi, Stéphanie.

— Bavarder ? répéta-t-elle en ignorant le malaise qui la gagnait. Nous n'avons rien à nous dire.

— Te parler de Melbourne.

L'intensité de son regard décupla sa frayeur, et elle glapit :

— C'est le passé, il n'y a rien à en dire.

— Ce n'est pas mon sentiment, Stéphanie. Tu me regardes avec hostilité.

Serrant la coupe dans sa main, elle fut tentée de lui en jeter le contenu au visage, mais… C'était le mariage d'Emma. Pas question de faire une scène.

— Et alors ? le défia-t-elle. Ça te surprend ?

Il secoua lentement la tête et répondit :

— Je t'ai déjà présenté mes excuses.

— Ah, je vois. Et donc, dans ton esprit, tout est réglé. C'est ça ? s'enquit-elle avec agacement.

— J'ai fait ce que je devais faire afin d'aider mon ami, plaida-t-il.

Cet argument enflamma la colère de Steph. Oubliant toute prudence, elle pointa vers lui un index menaçant, s'approcha tout près et effleura son torse de son doigt fébrile.

— Tu m'as enlevée ! l'accusa-t-elle, offusquée.

— Oh ! ce n'était qu'un tout petit enlèvement, nuança-t-il en haussant les épaules. Christo était désespéré… Sa fiancée avait disparu le jour même de leur mariage !

— Ce n'est pas une raison. Elle lui avait adressé un message l'informant qu'elle allait bien. En outre, tu ne peux pas reprocher à Emma d'être partie. Elle venait de découvrir pourquoi Christo l'épousait.

Une nouvelle fois, Damen secoua la tête en signe d'apaisement.

— Bon. Depuis, ils se sont réconciliés. Mais cette semaine-là, Christo était au comble de l'inquiétude. Mon rôle consistait à l'aider à retrouver Emma. Or, toi…

À son tour, il tendit l'index et le posa sur son épaule nue. Ce simple contact provoqua en elle une décharge électrique, et elle eut le plus grand mal à dissimuler son trouble.

— Tu savais où elle était, l'accusa-t-il.

Steph maudissait sa robe de demoiselle d'honneur, avec son bustier vert qui lui dénudait les épaules et les bras.

— Tu ne pouvais pas en être sûr, lui opposa-t-elle. Ce n'était qu'une supposition de ta part !

— Ah non, tu ne peux pas dire ça. C'était bien davantage qu'une supposition. Du reste, nul besoin d'être grand clerc pour comprendre qu'elle avait bénéficié d'une aide, afin de disparaître si vite. Tu étais mal à l'aise chaque fois qu'on prononçait le nom d'Emma et tu travaillais dans une agence de voyages. Alors, si, j'en étais certain. Je savais que, si je parvenais à me retrouver seul avec toi, je te persuaderais.

Une bouffée de chaleur monta en elle. Ses joues flambèrent au souvenir de ce qui s'était passé entre eux.

— C'est ainsi que tu appelles ce que tu as fait ? De la persuasion ?

L'air manquait dans ses poumons, elle ne parvenait plus à respirer. Comment osait-il ?

Après une harassante semaine de travail, Steph n'avait pas su se trouver une excuse pour refuser l'invitation de Damen. Il lui avait dit qu'il savait où était Emma et la priait de l'accompagner, afin qu'ils tentent ensemble de la convaincre de retrouver Christo. Steph ayant elle-même organisé la fuite d'Emma à Corfou, elle avait préféré ne pas piper mot et suivre Damen dans les rues de Melbourne.

Et c'était elle qui avait commis l'erreur. Elle qui avait

initié l'intimité. Lorsqu'il avait arrêté la voiture, l'atmosphère de l'habitacle était déjà chargée d'électricité, elle s'était penchée vers lui et…

Jamais elle n'avait imaginé possible qu'un simple baiser devienne l'instant le plus érotique de toute sa vie. Le plus intense, aussi. Dans un élan mutuel, fiévreux et passionné, durant une minute qui avait duré une éternité, ils s'étaient voracement embrassés. Steph s'était complètement abandonnée à cette étreinte, savourant la bouche affamée de Damen et ses caresses expertes. Elle s'était offerte à un préliminaire étourdissant, et puis…

Il y avait déjà une semaine que le trop séduisant Damen était en Australie, auprès de Christo, pour trouver Emma. Qu'il la couvait de son attention. Steph marchait sur un petit nuage. Après ce baiser, il lui avait aussitôt demandé où était Emma. Une nouvelle fois, Steph avait prétendu qu'elle n'en savait rien. Ouvrant son sac, elle avait voulu prendre son téléphone – et Damen lui avait avoué qu'il le lui avait subtilisé. Pendant qu'il l'embrassait ! Elle se consumait de passion entre ses bras et, lui, il fouillait dans son sac pour lui prendre son mobile !

C'était tellement humiliant. Il l'avait séduite pour la tromper.

— Stéphanie ? Tu te sens bien ?

Oh non, elle ne se sentait pas bien du tout ! Comme il allait poser une main sur son bras, elle fit un bond en arrière et aboya :

— Ne t'approche pas de moi !

Elle recula davantage, trébucha sur une racine et se trouva adossée au tronc d'un cyprès. Quelle posture grotesque : elle lui révélait une fois encore tout l'empire qu'il exerçait sur elle. Eh bien tant pis. Elle préférait être ridicule plutôt que de lui donner bonne conscience.

Un petit enlèvement ? Oui, sans doute. Et très fructueux.

Il avait obtenu tout ce qu'il voulait, car le smartphone avait livré le secret de ses appels à Corfou. Après quoi, Steph s'était prostrée chez elle, dans la honte et la confusion. La vieille douleur de l'abandon l'avait rattrapée. L'humiliation du présent avait convoqué celles du passé. L'époque où elle espérait tant une visite de son père. Mais chaque semaine, elle l'attendait en vain. Il préférait se consacrer à sa nouvelle compagne, et sa petite fille n'était plus qu'un souvenir…

— Je t'ai dit combien j'étais désolé, reprit Damen. Mais tu ne m'as pas pardonné.

Lentement, elle releva les yeux vers lui. Le ciel était d'un bleu si pur qu'il paraissait magique. Les parfums du cyprès caressaient ses narines. Elle sentit son humeur se radoucir.

— Non, admit-elle en le considérant avec hauteur. Je ne te pardonne pas. Tu ne peux pas tout avoir.

Il parut amusé par sa réplique, fronça les sourcils et observa :

— Pourtant… Tu n'as rien raconté à Emma de ce qui s'est passé entre nous.

De mauvaise grâce, elle acquiesça.

— Emma avait bien d'autres problèmes, sur le moment. Et, ensuite… Je n'ai pas vu l'intérêt de l'embarrasser de mon récit. Tu es le meilleur ami de son mari, elle va probablement devoir te supporter toute sa vie. Je ne voulais pas qu'elle te prenne en grippe.

Ces mots parurent l'assommer. Il ouvrit de grands yeux et la considéra avec ébahissement.

— Parce que c'est ce que tu ressens pour moi ? Tu m'as pris en grippe ?

Elle haussa les sourcils. Venait-elle de détecter un accent de déception dans sa voix ?

— J'essaie de me comporter comme une jeune fille bien élevée, soupira-t-elle. Mais si tu exiges que je te mette les points sur les i, la réponse est oui : je ne t'apprécie pas beaucoup.

La colère avait besoin de sortir, elle la sentait imprégner son épiderme. Était-il si arrogant, si plein de lui-même, qu'il n'imaginait même pas possible qu'une seule femme lui résiste ?

— Et j'aimerais beaucoup ne plus avoir à te croiser, ajouta-t-elle sèchement. Ni à t'adresser la parole.

Le menton dressé, elle s'apprêta à redescendre vers la villa, mais Damen se tenait bien devant elle, face à l'arbre. Et alors que l'exaspération l'envahissait, elle aperçut les plis au coin de ses yeux. Ainsi que la petite lueur qui dansait dans son regard d'un vert transparent. Ça alors… Non, elle n'avait pas la berlue. Il était ravi.

De quoi pouvait-il se réjouir ainsi ? Était-il en train de préparer mentalement ses prochaines vacances à Monte-Carlo en se demandant de quelle couleur il allait faire repeindre son jet privé pour l'occasion ? Se rappelait-il les chiffres sur son dernier relevé de banque ? Et nom d'un chien, pourquoi fallait-il que son sourire soit si séduisant, alors qu'elle avait envie de le tuer, en cet instant ?

— Comme c'est dommage, lâcha-t-il soudain. Moi qui espérais tant avoir une chance de mieux te connaître. De passer un peu plus de temps avec toi.

Son sang se figea dans ses veines.

— De… De passer du temps avec moi ? balbutia-t-elle, médusée.

Oh ! mais elle n'était pas amnésique ! Elle ne tenait pas à être couronnée reine des pommes et elle n'allait pas tomber dans le même piège deux fois. Non, pas question de se laisser berner par cette voix sirupeuse et ces mots doux, aussi friables qu'un morceau de sucre.

Steph se raidit, planta son regard dans le sien et déclara d'un trait :

— De toute évidence, tu as perdu l'esprit. Il est hors de question que je passe ne serait-ce qu'une minute de plus avec toi. Même si tu me donnais un million de dollars.

Loin de paraître vaincu, son interlocuteur soutint son regard et observa un bref silence avant de demander :

— Et si je t'en offrais deux ?

3.

Damen n'avait pas réfléchi. Les mots lui avaient échappé. Il en éprouvait toutefois une délicieuse satisfaction, même si le résultat escompté n'était pas au rendez-vous. En effet, Stéphanie le contemplait désormais avec… dégoût ? Horreur ? Un mélange des deux.

Cela n'avait pas d'importance. Elle allait très vite changer d'humeur. Damen en était sûr. Son instinct le lui soufflait, il venait d'avoir une idée de génie.

Il cherchait une célibataire belle et intelligente pour relation à court terme. Stéphanie était la candidate idéale pour le poste. Et le fait qu'elle ne l'apprécie pas était un énorme avantage !

Damen aurait seulement préféré ne pas éprouver de remords en mesurant, un moment plus tôt, combien il l'avait blessée. Sans doute méritait-il sa colère. Son ressentiment même. Il admettait volontiers que sa manœuvre à Melbourne était indélicate, mais… sur le moment, rien d'autre ne comptait que de retrouver Emma, de faire en sorte que Christo s'explique avec elle. Stéphanie Logan connaissait la solution du problème auquel son meilleur ami était confronté. Damen voulait lui extorquer ce secret, et il n'avait rien vu d'autre.

Et puis… Le fameux soir où ils s'étaient si follement embrassés, dans sa voiture, quelque chose d'étrange s'était produit. Damen avait éprouvé des émotions qu'il n'avait plus ressenties depuis son ultime et fatal entretien avec son père. La force de ces émotions l'avait ébranlé.

Par la suite, il avait voulu reprendre contact avec Stéphanie, faire amende honorable, mais une crise grave l'avait rappelé à la direction financière de sa société. Ou bien était-ce un faux alibi ? Avait-il fui Stéphanie ?

— Si c'est ta conception d'une bonne blague, nous n'avons décidément rien en commun : je n'apprécie pas du tout ton sens de l'humour, asséna-t-elle, comme ses boucles noires dansaient autour de son visage.

Sa coiffure était ravissante, un peu dans le style des années folles. C'était comme un casque lisse et divisé par une raie sage, qui se crantait délicatement au niveau des oreilles et finissait en ondulations coquines. De façon paradoxale, cette coupe accentuait sa féminité : la rondeur de sa bouche pulpeuse, la hauteur de ses pommettes, l'équilibre de son petit visage qui irradiait de lumière chaque fois qu'elle levait vers lui son immense regard brun.

Plus il la contemplait et plus il se demandait comment il n'avait pas vu plus tôt à quel point elle était belle. Son bustier révélait la grâce de son cou et de ses épaules, la finesse de ses bras. Il devinait une poitrine bien ronde et une taille très marquée sur des hanches étroites. Ses jambes étaient dissimulées sous une de ces infernales jupes de demoiselles d'honneur, pleines de frous-frous, mais il distinguait la peau ambrée de ses pieds aux ongles carmin.

Et puis, surtout, elle savait donner un baiser avec une énergie, une passion gravée dans sa mémoire. Rien que d'y penser, il en éprouvait un léger vertige.

Comme elle le foudroyait du regard, il leva la main et affirma :

— Cela n'a rien d'une plaisanterie.

La jeune femme s'immobilisa. Mais elle ne parut guère se radoucir et le gratifia d'un regard de pur mépris. Damen se retint de rire. Que croyait-elle ? Qu'une jolie brune à tempérament volcanique allait l'impressionner au point de lui faire perdre ses moyens ?

— Cela suffit, dit-elle froidement, croisant ses bras sur sa ravissante poitrine. Tu ne paierais jamais deux millions de dollars pour…

— Passer du temps avec toi ?

Arrimant son regard au sien, il fit un pas vers elle.

— Bien sûr que si, poursuivit-il. En fait, ma proposition est très sérieuse.

Elle lâcha un soupir bruyant et leva les yeux au ciel.

— Tu exagères, Damen. La cérémonie n'a pas encore eu lieu, et tu as déjà bu.

— Hormis une gorgée de champagne en trinquant avec toi, non, répondit-il souriant.

Il aurait dû se sentir offensé par une telle accusation, mais Stéphanie Logan l'amusait. Elle le changeait de la fréquentation des éternels flatteurs et courtisans : tout ce qu'elle avait à lui dire était désagréable !

— Bon, maugréa-t-elle. Alors de quoi s'agit-il ? Tu as pris tellement de plaisir à m'humilier à Melbourne que tu rêves de recommencer ?

Au cours de leur baiser incandescent, il se rappelait avoir senti ses seins se presser contre son torse. Il avait caressé sa taille… Il déglutit lentement. Aujourd'hui, elle portait une robe de sirène mais elle avait plutôt l'air d'une créature furieuse, venue du fond des mers pour lui planter une fourche de triton entre les yeux.

S'il voulait obtenir quoi que ce soit d'elle, il avait intérêt à se concentrer un peu mieux sur l'instant présent.

— Allons, Stéphanie, ne dis pas des choses comme ça… Je ne suis pas le monstre que tu décris. Tu sais bien pour quelle raison je me suis conduit ainsi. Je t'ai dit que j'étais désolé et je te le répète. Et je souhaite sincèrement réparer le tort que je t'ai causé.

Ces mots parurent la rasséréner.

— Très bien. Dans ce cas, tu peux juste me laisser seule : cette réparation me suffira.

Sa longue jupe à volants se mit à danser sur ses jambes tandis qu'elle se dirigeait vers le sentier menant à la villa.

— Tu ne veux vraiment rien savoir de ces deux millions de dollars ? l'interrogea-t-il, comme elle lui tournait déjà le dos.

Damen n'était pas inquiet. Il avait acquis quelques certitudes. Rares étaient les gens en position d'ignorer une offre pareille. En une petite décennie, il avait su faire bondir le chiffre d'affaires de la société familiale, et son entreprise le hissait au premier rang des grandes fortunes de la Grèce. Or même pour lui, deux millions de dollars représentaient une somme très conséquente. La plupart des gens pouvaient métamorphoser leur vie et leur avenir, grâce à une manne de cette ampleur.

Il attendit. Naturellement, elle se retourna. Elle n'était pas – ne pouvait pas – rester insensible à la mention de ce chiffre. Une sorte de douleur lui vrilla la poitrine. Il était déçu qu'elle ne soit sensible qu'à cela… Et en même temps satisfait. N'était-ce pas exactement ce qu'il attendait ?

Dubitative, elle le dévisagea longuement.

— Tu n'es pas sérieux, décréta-t-elle.

Il sourit.

— Oh que si. Très sérieux.

Il était prêt à tout pour ramener la paix dans la famille de Clio, qui était aussi un peu la sienne. Les larmes dans les yeux de sa cousine l'avaient dévasté. Il fallait absolument qu'il la sorte du mauvais pas où elle était par sa faute.

— Dans ce cas, je t'écoute, dit-elle. Qu'est-ce que tu veux ?

— Toi, répliqua-t-il sans hésiter. Ou, pour être exact, ta compagnie en public.

— En public ?

Elle paraissait sidérée. Que s'était-elle donc imaginée ? Qu'il voulait la payer pour qu'elle partage son lit ? Cette fois, il serra les dents et sentit son amour-propre prendre le dessus. Il n'avait jamais payé une femme et il n'avait pas l'intention de commencer avec elle !

— Évidemment, en public, confirma-t-il sèchement. Il s'agirait d'une prestation relevant du domaine de la communication, en quelque sorte. Rien d'autre. Je ne propose pas que nous devenions amants.

Inexplicablement, il sentit une faiblesse l'envahir en voyant les joues de Stéphanie pâlir. Comme s'il venait de l'insulter. Son expression défaite lui rappela celle qu'elle affichait à Melbourne, après leur baiser dans la voiture. L'instant où elle avait compris qu'il ne l'avait emmenée faire un tour que dans le but de lui arracher l'information cruciale : le lieu où Emma s'était réfugiée.

Son estomac se noua. Il revoyait les grands yeux hagards de Stéphanie, lorsqu'il avait triomphalement brandi son téléphone. Surmontant son malaise, il reprit :

— J'ai besoin qu'une femme se comporte auprès de moi comme ma compagne ou ma petite amie durant quelques semaines. Et qu'elle garde le secret de notre arrangement. Il s'agira de faire semblant, rien de plus.

— Tu te fiches de moi ? répondit-elle d'une voix glaciale. Tu es tombé si bas que tu n'es plus capable de te trouver tout seul une petite amie ? Ou bien es-tu en train de m'annoncer que, enfin, la population féminine de la Grèce au grand complet a réussi à voir clair derrière tes sourires fallacieux et tes minauderies ?

Pendant un instant, Damen se tint coi. Il n'aurait su dire quand il avait déjà été la cible d'une pareille hostilité de la part d'une femme, et il se retenait d'éclater de rire. Stéphanie était exquise. Il appréciait son sens de la repartie, son humour et son cran. Elle avait du caractère… Au moins, il ne s'ennuierait pas avec elle.

Oui, elle était parfaite pour tenir ce rôle. Manos sentirait l'électricité passer entre eux, ce qui achèverait de le convaincre. Et, puisque Stéphanie le détestait, elle n'attendrait jamais rien d'autre de lui que de l'argent.

— Je n'ai aucune envie d'entrer dans les détails de ma vie personnelle, répondit-il. Je me contenterai de préciser que je n'ai pas de maîtresse en ce moment. Tu ne marcherais sur les plates-bandes de personne.

Elle ouvrit la bouche pour protester, mais Damen l'en empêcha en ajoutant :

— J'ai besoin de quelqu'un qui donne l'impression d'être ma petite amie.

Elle lui décocha un coup d'œil suspicieux.

— Pourquoi ?

— C'est important ? demanda-t-il en haussant les épaules. Qu'est-ce que ça peut te faire ?

— Bien sûr que c'est important. Aucune femme en pleine possession de ses esprits ne s'engagerait dans cette comédie sans en connaître les tenants et les aboutissants. Ton histoire ne tient pas debout. Et tu me demandes de mentir.

— Ce ne serait pas la première fois que tu accepterais de mentir, lui rappela-t-il.

La jeune femme devint écarlate et répliqua vivement :

— Ce n'était pas pareil. Je protégeais une amie.

— Eh bien figure-toi que c'est ce que je fais aussi.

À son propre étonnement, elle parut réceptive à cet argument.

— D'accord. Je pourrais mordre à l'hameçon. Mais il faut m'en dire plus, insista-t-elle.

Un sentiment de triomphe mâtiné de frayeur l'envahit. Bon sang, elle pouvait dire oui !

Le mariage de Cassie aurait lieu dans moins de quinze jours. Plus tôt la rumeur se répandrait qu'il avait trouvé chaussure à son pied, mieux ce serait. Ainsi, Manos serait averti. Il faudrait simplement que leur interprétation de deux tourtereaux fous d'amour soit parfaite… Mais ils auraient assez de temps pour s'y préparer, songea-t-il.

— Je souhaite que pendant un mois ou deux tout le monde soit persuadé que je suis avec quelqu'un. Dans une relation sérieuse.

— Oui, tu me l'as dit. Mais pourquoi ? Tu as une liaison avec une femme mariée ? Le mari s'en doute, et tu souhaites éteindre ses soupçons ?

— Mais non, voyons ! s'offusqua-t-il. Quelle horreur. Pour qui me prends-tu ? C'est juste que… Quelqu'un s'est mis de fausses idées dans la tête. Un homme. Il croit que je vais épouser une femme, et j'ai besoin de le convaincre qu'il se trompe en m'affichant avec une autre.

À son tour, Stéphanie parut horrifiée par cette explication.

— Tu… Tu as fait croire à une malheureuse que tu allais l'épouser et tu veux qu'elle comprenne toute seule qu'elle n'a rien à espérer en m'exhibant sous son nez ?

Désespéré, Damen leva les bras au ciel.

— Non, non !

Il s'aperçut qu'il venait de hausser la voix. Lui qui ne criait jamais, il sentait la frustration et la colère lui brûler la poitrine. Stéphanie Logan lui renvoyait un portrait de lui très peu flatteur. Le portrait d'un individu infect, pour tout dire !

— Je n'ai rien fait croire du tout à personne, se défendit-il. Je n'ai jamais mené une femme en bateau. Celle dont nous parlons n'a aucun souhait de m'épouser. C'est sa famille qui désire cette alliance, principalement à cause de ma fortune.

Placide, elle hocha la tête.

— Ah, d'accord. Je comprends.

Une profonde irritation gagna Damen. Le ton de la jeune femme sous-entendait que personne ne voudrait de lui sinon pour son compte en banque. C'était pénible à entendre… Même si c'était probablement exact.

— Non, tu ne comprends pas, soupira-t-il. La femme en question et moi, nous ne sommes que des amis. Mais son père est en train de la harceler, de la pousser à bout, parce qu'il est déterminé à ce que ce mariage ait lieu.

— Tu veux dire qu'il la pousse à se marier avec toi ?

— Voilà, confirma-t-il.

Elle hocha gravement la tête.

— Je vois, murmura-t-il. Et tu veux créer un écran de fumée…

— Écoute Stéphanie, intervint-il, je t'assure que mon plan ne fera de mal à personne. Bien au contraire, il ramènera la paix au sein de la famille de mon amie. Même pour son père, ce sera un soulagement. Il doit passer à autre chose.

Sans mot dire, la jeune femme retourna s'adosser au tronc du cyprès. Elle parut réfléchir un long moment. Damen ne parvenait plus à décrypter les expressions de son visage. Songeait-elle à demander davantage ? Envisageait-elle de refuser ?

— Mais personne ne croira jamais que nous sommes ensemble, finit-elle par observer.

— Pourquoi dis-tu cela ? Parce que nous ne fréquentons pas le même cercle ?

L'intense regard brun vira encore au noir d'orage, et Damen regretta la maladresse de sa remarque.

— Qu'est-ce que tu sous-entends ? Que je ne suis pas assez bien pour toi ? glapit-elle.

Non sans l'avoir gratifié d'un coup d'œil dédaigneux, elle conclut :

— À vrai dire, ce sont mes amis qui n'y croiront jamais. Parce que j'ai un goût très sûr en matière de fréquentations. Surtout lorsqu'il s'agit des hommes.

Damen eut le plus grand mal à contenir son amusement. Sa manière de dresser le menton avec défi, son air pincé… Elle était irrésistible. De surcroît, il se demandait ce qui arriverait si elle investissait la même énergie dans un exercice plus physique. Cette fille projetait des étincelles. Elle était de braise. Derrière son charmant petit visage, il devinait une vraie tigresse. Et il avait envie de la voir à l'œuvre dans l'intimité.

— Alors ? Pourquoi moi ? l'interrogea-t-elle encore.

Damen haussa les épaules.

— Parce que tu es célibataire. Tu as du temps libre : tu viens jusqu'ici depuis l'Australie, et Emma m'a dit que tu comptais rester un peu en Grèce. Et parce que tu ne risques pas de prendre le marché que je te propose pour une invitation à autre chose, surtout pas un tremplin vers une relation à long terme. Le fait que tu ne m'apprécies pas joue beaucoup en ta faveur.

Elle arrima son regard sévère au sien.

— Parce que n'importe quelle autre femme chercherait à se creuser une place dans ta vie ?

Avec prudence, il admit :

— Disons que ce serait un risque.

Elle secoua la tête et maugréa quelque chose si bas qu'il n'entendit que le mot « prétentieux ».

Plutôt que de se défendre, il resta imperturbable et retint son souffle. Stéphanie Logan était parfaite pour cette mascarade. Dans son entourage professionnel et familial, personne ne la connaissait. Ce serait comme si elle tombait soudain d'une autre planète.

— Tu pourrais plutôt chercher une vraie relation,

suggéra-t-elle d'un ton peu convaincu. Je suppose que ta vie de joyeux célibataire est déjà trop remplie ?

Se sachant en terrain miné, il opta encore pour la prudence et répondit évasivement :

— Quelque chose comme ça.

Il n'avait pas à lui fournir de justification, pensa-t-il. Il était déterminé à ne jamais avoir d'enfant. Il confierait la direction de l'entreprise à l'un des enfants de ses sœurs, quand elles en auraient. Damen avait déjà bien assez à faire avec sa propre famille pour en créer une. D'autant plus que les hommes dans sa situation rencontraient toujours le même problème : s'il se mariait, jamais il n'aurait la certitude que sa femme ne l'épousait pas pour ses milliards.

— Je ne comprends toujours pas pourquoi c'est à moi que tu fais une telle demande, soupira-t-elle. Mais bref. Ma réponse est non. Je n'aime pas le mensonge, et tu es la dernière personne avec qui j'aie envie de passer mon temps.

Sidéré, Damen fixa les joues rosies de Stéphanie, regarda sa poitrine palpiter vivement. Elle était… bouleversée ? Ou furieuse ? En tout cas, il ne lui était pas indifférent. Ce qui lui donnait la preuve, s'il en avait encore besoin, qu'elle interpréterait son rôle de façon magistrale – et ce qui signifiait que la partie n'était pas perdue.

— Ne prends pas de décision maintenant, conclut-il avec douceur. Accorde-toi le temps de la réflexion. Nous en reparlerons plus tard.

Sans attendre sa réplique, il reprit lentement le chemin de la villa.

4.

Même si vingt-quatre heures s'étaient écoulées, Steph ne décolérait pas.

Incroyable. Cet homme ne savait pas entendre un « non » simple et précis. Il lui conseillait de « s'accorder le temps de la réflexion » ! Quelle arrogance ! Steph sentit son sang bouillir encore dans ses veines au souvenir de leur rencontre sous le cyprès.

Et la façon dont il lui avait déclaré qu'il la choisissait parce qu'elle ne risquait pas de s'attacher à lui… Décidément, Damen Nicolaides était un être aussi macho que présomptueux !

Le pire, c'était qu'il voulait une seconde fois faire d'elle son jouet. La seule différence serait la rémunération. Le cynisme de ce personnage n'avait pas de limite non plus !

Pourtant… Elle éprouvait une sensation bizarre. Son cerveau la retenait de suivre son instinct, plaidant pour la réflexion. À cause du montant promis, bien sûr. Deux millions de dollars.

Bah, il se moquait d'elle. Personne ne jetait une somme pareille comme ça, contre un service fantaisiste. Pas même un armateur grec entré au club des plus gros milliardaires d'Europe.

Elle ne l'avait pas revu depuis la veille au soir, quand tout le monde s'était rassemblé sur la piste de danse pour souhaiter bonheur et succès au jeune couple qui partait en voyage de noces.

Steph baissa les yeux sur sa montre. En ce moment, Emma et Christo devaient déjà se trouver en Islande pour admirer les aurores boréales. Encore un endroit figurant sur la liste des voyages que Steph rêvait de faire – et hors de sa portée. Aussi avait-elle l'intention de profiter de Corfou, car il s'agirait probablement de ses dernières vacances.

Dans la belle chambre de la villa où elle était installée, au dernier étage, elle alla s'asseoir à son bureau et prit un stylo. Il fallait qu'elle se concentre sur la liste des employeurs potentiels. Le cœur n'y était pas, car elle avait déjà contacté les meilleures agences de Melbourne – sans résultat.

Et même quand elle aurait trouvé une nouvelle place, elle ne serait pas tirée d'affaire. Les rouages de la justice étaient certes lents, mais ses dettes faramineuses ne s'effaceraient pas comme par magie.

Et surtout, il y avait Mamy.

Un sanglot l'étrangla à la pensée de sa grand-mère. Cette femme avait tout fait pour soutenir son unique petite-fille, allant jusqu'à investir les économies de toute une vie pour l'aider à monter sa société.

Si Steph avait pu se douter de l'issue de cette aventure jamais elle ne l'aurait laissé faire. Elle ne lui aurait pas présenté Jared.

Secouant la tête, impuissante, elle se répéta pour la centième fois que les « si seulement » ne servaient à rien. Jared, son ancien patron, qui avait été sur le point de devenir son associé, avait fui le pays en la laissant criblée de dettes. Désormais, Mamy n'avait pas de quoi s'installer dans la belle résidence médicalisée en bord de mer où elle avait espéré couler une vieillesse heureuse.

Steph jeta son stylo et repoussa son carnet de notes avec humeur.

Même un bon salaire ne réglerait pas ses problèmes financiers. C'était une chance qu'elle ait acquis ce billet aller-retour plusieurs mois plus tôt : il lui restait à peine de quoi survivre huit jours à Corfou, dans un petit hôtel, avant de rentrer en Australie.

Oh bien sûr, il existait une solution : tout raconter à Emma. Son amie et son mari étaient riches, Emma n'hésiterait pas un instant.

Mais cette idée rendait Steph malade. De quel droit ferait-elle assumer ses propres erreurs à Emma ? C'était elle qui avait fait n'importe quoi. C'était à elle de régler ses problèmes. Elle avait fait confiance à Jared, au point de le croire lorsqu'il lui avait dit qu'il déposait tout l'argent dans une autre banque que celle de la société.

Et l'amitié et l'argent ne faisaient pas bon ménage. Emma et Steph étaient devenues inséparables dès la première année de lycée. Peut-être parce que les extrêmes s'attiraient : la première était aussi sage que la seconde était impulsive. En tout cas, il en résultait des liens merveilleux, une affection solide, et Steph refusait de risquer de gâcher une relation si chère à son cœur.

Une pénible nausée remontait le long de son œsophage chaque fois qu'elle pensait à l'époque où elle vivait avec sa mère. Du jour au lendemain, les enfants du voisinage n'avaient plus eu le droit de lui rendre visite. Des mots affreux étaient criés sur le trottoir, et si elle était trop petite pour les comprendre, elle saisissait le contexte. À cours de ressources, sa mère avait fini par emprunter de l'argent à la voisine. Une somme qu'elle était incapable de rendre. L'amitié des deux femmes avait viré à la haine, dans les cris, la honte et le scandale.

La mère de Steph avait dû s'avouer vaincue, sa situation financière allant de mal en pis. La fillette s'était retrouvée chez sa grand-mère.

Sa vie avait tellement changé… Et elle s'était promis de ne jamais devenir comme sa mère. Dès qu'elle avait pu exercer des petits boulots, à l'adolescence, elle avait participé aux frais domestiques et fait en sorte que sa grand-mère puisse employer une femme de ménage.

Elle était si fière d'elle ! Aussi fière et confiante que le jour où elle s'était engagée dans une nouvelle et excitante aventure professionnelle avec Jared, pour monter une agence de voyages sur mesure destinée aux personnes souhaitant vivre une expérience unique.

Un rêve tombé en poussière.

Steph prit une longue inspiration et se leva. Elle avait besoin d'un plan pour trouver de l'argent. Tout de suite, pas dans vingt ans. Au minimum, de quoi payer la résidence de sa grand-mère.

Deux millions de dollars…

L'écho de la voix grave et envoûtante s'invita dans son esprit. En cet instant, l'offre de Damen lui paraissait presque raisonnable. Car avec deux millions de dollars, elle achèterait à Mamy une jolie petite villa dans le quartier résidentiel pour seniors dont elle rêvait, face à la mer. Elle-même pourrait rembourser son emprunt, repartir du bon pied, éviter les pièges dans lesquels sa mère s'était fourvoyée en dépendant d'un homme – son père – qui n'avait jamais honoré ses engagements, encore moins payé la pension qu'il lui avait promise après leur séparation.

Un frisson désagréable lui parcourut la nuque. Pour l'heure, elle n'était pas dans une position plus enviable ! Oh ! certes, elle n'était pas tombée amoureuse de Jared. Leur relation en était restée au partenariat professionnel, mais le résultat était le même : elle s'était montrée d'une naïveté consternante et elle avait tout perdu – y compris l'argent de Mamy.

Elle avait besoin de prendre l'air, décida-elle. Mieux : elle pouvait s'offrir un bain de mer. Ravie de son idée, elle alla remplir un sac de plage dans la salle de bains. Après avoir passé son maillot et quitté sa chambre, elle descendit l'escalier à vive allure et se précipita vers la porte d'entrée.

Elle manqua se cogner contre un mur.

Un mur d'un mètre quatre-vingt-cinq conforté d'une belle musculature, qui sentait l'eau de Cologne et la virilité.

Tandis que son cœur se mettait à tambouriner dans sa poitrine, elle leva lentement les yeux.

— Ah, Stéphanie. Justement, je venais te voir.

Elle contempla son sourire. Ses lèvres ourlées sur une dentition parfaite. La teinte olive mate de sa peau.

En contraste avec le smoking italien hors de prix dans lequel elle l'avait vu la veille, Damen portait un simple T-shirt bleu marine sur un pantalon de toile crème et donnait ainsi la preuve éclatante que son pouvoir de séduction ne devait rien à ses vêtements. Son allure, son charme, sa force émanaient de lui, seulement de lui.

La nature faisait bien mal les choses, pensa-t-elle avec irritation. Pourquoi avoir offert à un être aussi manipulateur et fourbe une enveloppe charnelle simplement… irrésistible ?

En plongeant son regard dans les grands yeux d'ébène, envoûtants et profonds comme la nuit, Damen éprouva une douleur familière dans sa cage thoracique. La même que la veille. Quoique plus intense.

Il ne s'expliquait pas comment cette jeune femme avait le pouvoir de le mettre tellement mal à l'aise. Sur la colline, il s'était dit que c'était sa nouvelle coupe de cheveux, et sa robe si féminine.

Et alors, aujourd'hui ? Il n'était tout de même pas troublé par une petite brune en maillot une pièce ? Il posa la main sur une épaule de Stéphanie, pour la repousser doucement vers l'intérieur, et contempla son corps aux formes harmonieuses.

Son maillot était ordinaire et simple. Sans échancrure, sans décolleté. Sa couleur rouge cerise révélait la pureté de sa peau hâlée, très légèrement dorée.

Il s'interdit cependant de fixer son corps et reporta toute son attention sur son visage. Voilà, la douleur revenait… Était-ce parce qu'il discernait autre chose que de la colère dans son expression ? De la détresse ?

Comme le hall d'entrée était vide, il se pencha pour essayer d'apercevoir quelqu'un dans une pièce voisine. Celui ou celle qui l'avait tant perturbée. Mais il ne vit rien.

— Tu as un problème ? s'enquit-il en fronçant les sourcils.

Ainsi qu'il aurait dû s'y attendre, Stéphanie accueillit sa sollicitude avec fraîcheur.

— Bien sûr que oui. Il se tient juste devant moi et m'empêche de profiter de mon temps libre.

Sur la défensive, elle avait dressé le menton et le considérait avec le même cran que la veille. Pourtant, Damen n'était pas tout à fait convaincu. Ses beaux yeux aux longs cils noirs étaient cernés.

Avait-elle passé la nuit à se tourmenter au sujet de sa proposition ? Bizarrement, il éprouvait un élan de protection vis-à-vis d'elle, et il…

Comme si une alarme s'était déclenchée en lui, il recula d'un pas et lâcha d'un ton direct :

— Je suis venu pour que tu me donnes ta réponse.

Il croisa les bras sur sa poitrine et s'aperçut que son cœur battait très vite.

— Ah… Parce que c'était sérieux ?

Il soutint son regard.

— Absolument. Deux millions de dollars contre deux mois de ton temps.

Elle pâlit. Elle réfléchissait encore, comprit-il.

— Songe à tout ce que tu pourrais faire, avec cet argent, dit-il.

Il s'étonnait qu'elle hésite si longtemps. À sa place, combien de personnes auraient réagi en bondissant de joie, en livrant un « oui » immédiat ? Probablement quatre-vingt-dix-neuf sur cent. Et Stéphanie Logan s'amusait à tenir le rôle du centième cobaye. Le récalcitrant.

Elle allait peut-être même dire non. Elle en était capable, et il pensait même que…

— C'est entendu. Marché conclu. Je serai ta fausse petite amie pendant deux mois pour deux millions de dollars.

La sensation de triomphe qui envahit ses veines lui fit le même effet qu'une bonne décharge de sérotonine. La tension qu'il avait accumulée sans même s'en rendre compte tomba d'un coup. Il se sentait léger, tout-puissant ! Heureux comme un poisson dans l'eau à la perspective de délivrer Clio des humeurs infernales de son père. Même l'épouse de Manos serait soulagée. Il allait ramener la paix dans une famille… Mission d'autant plus chère à son cœur qu'il n'avait porté que le chaos au sein de la sienne. Mais il refusait de se laisser happer par le souvenir de cette tragédie.

Stéphanie était sexy, intrigante. Et surtout, elle saurait se tenir à ce qu'il attendait d'elle. En fait, elle piquait sa curiosité, et il avait envie de…

— Mais j'émets trois conditions, reprit-elle.

Éberlué, il la considéra en se demandant s'il avait mal compris.

— Pardon ?

C'était une plaisanterie ? Avait-elle lu sur ses traits qu'il était désespéré, qu'il la voulait à tout prix pour cette affaire, et qu'elle pouvait obtenir plus ?

— J'ai des conditions, répéta-t-elle en croisant les bras, ce qui fit remonter ses seins dans le maillot de bain.

De ravissants petits seins ronds et pleins. Leur forme naissante s'esquissait en pigeonnant sur la ligne du décolleté, et… Comme elle le dévisageait, il se contraignit à la fixer dans les yeux.

— Je t'écoute, souffla-t-il.

Il n'avait pas pour habitude d'être distrait durant une négociation.

— Je veux que tous les termes de cet engagement soient spécifiés par contrat, déclara-t-elle.

Il lâcha un petit soupir.

— Fort bien. Aucun problème. C'est tout ?

— Loin de là. Je veux que la moitié de la somme me soit versée à la signature.

Elle avait parlé très vite, et Damen vit sa gorge se soulever plus vite. Signe qu'elle n'était pas très familière de ce genre de demande. Et que celle-ci relevait de la plus haute importance… Pourquoi ? Avait-elle des problèmes d'argent ? Ou bien brûlait-elle d'impatience de dépenser la moitié de son paiement ?

Il avait envie de lui poser la question, mais il s'en abstint. C'était un marché, elle pouvait poser certaines conditions, dans la mesure du raisonnable.

— Accordé, dit-il.

Les yeux de Stéphanie s'arrondirent, comme si elle s'était attendue à un refus de sa part.

— Et ? s'enquit-il.

Il devait reconnaître qu'il était de plus en plus intrigué. Trois conditions, avait-elle dit.

— Pas de baiser.

Damen fronça les sourcils. Il ne comprenait pas ce qu'elle voulait dire.

— Comment cela ?

— Tu m'as très bien entendue, reprit-elle. Je serai ta petite amie en public, mais je ne t'embrasserai pas. Et toi non plus, tu ne t'approcheras pas de mes lèvres. Zone interdite. Je veux que ce soit inscrit en toutes lettres sur le contrat.

— Mais… Les gens vont s'attendre à ce que nous échangions des gestes amoureux, si nous sommes censés l'être, dit-il.

Curieux. Elle était devenue rouge comme une écrevisse. Est-ce qu'il l'exaspérait à ce point ? Ou bien était-elle embarrassée ?

— Il existe mille façons de se témoigner de l'affection en public sans s'embrasser, répondit-elle.

Damen sourit, plongea les mains dans les poches de son pantalon et objecta :

— Tu es rémunérée avec une générosité extravagante, alors ton interprétation doit être convaincante à cent pour cent.

— Elle le sera, sois en certain, affirma-t-elle. Sans un seul baiser.

— Pourquoi ? Tu as des motifs religieux pour refuser ? Une raison de santé ? Je peux te garantir que je ne souffre d'aucune maladie contagieuse.

— Parce que je ne le souhaite pas, insista-t-elle d'un ton agacé. Une fois m'a amplement suffi. Il est hors de question que je répète cette erreur.

Il soupira.

— Bien. Et comment comptes-tu convaincre les gens que nous sommes amants, alors ?

Haussant les épaules, elle répondit :

— En buvant chacune de tes paroles. En ne te quittant jamais du regard. En m'accrochant à toi.

— En t'accrochant ? répéta-t-il. On pourra quand même se toucher, alors ?

— Ne fais pas l'imbécile. Tu m'as très bien comprise. Il est très facile de jouer l'attirance et de donner une impression d'intimité sans pour autant…

— Que nos bouches se joignent, compléta-t-il. J'ai compris. Et je ne suis pas un imbécile, Stéphanie. Alors si tu veux que ce marché puisse se conclure, prouve-moi que tu peux te montrer convaincante en tant que ma petite amie. Sinon, je jette l'affaire à l'eau.

Après la façon dont Stéphanie Logan avait jalousement

gardé le secret de son amie, refusant de leur livrer le plus petit indice, à lui comme à Christo, et le ressentiment aussi profond que glacial dont elle le gratifiait depuis leur fameux baiser… Damen commençait à douter. La tigresse qu'il devinait en elle saurait-elle apparaître près de lui ? Et si elle le détestait trop ? Il s'était emballé, mais il avait pu mal la juger et…

Elle venait de s'approcher si près de lui qu'il sentit les accents vanillés de son parfum lui caresser les narines. Interdit, immobile, il la regarda poser sa main sur le coton de son T-shirt. D'abord, il ne sentit rien, puis ses doigts légers cherchèrent fiévreusement le contour de ses pectoraux. Il frémit. Son mouvement était lent – langoureux. Elle levait maintenant vers lui un visage… transfiguré. Le sourire qui étirait ses lèvres était taquin, complice. Des éclats d'or brillaient dans ses grands yeux affamés.

Il s'aperçut qu'il ne parvenait plus à respirer. Ses poumons s'étaient bloqués. Il voulut reculer, mais elle se colla plus étroitement contre lui. Se hissant sur la pointe des pieds, elle approcha sa bouche de son oreille. Il percevait la chaleur de son souffle. Les ongles toujours enfoncés dans son torse, elle posa l'autre main sur sa nuque et murmura :

— Damen…

Un gémissement. Un son érotique, volcanique. La voix de Stéphanie avait changé du tout au tout. Et malgré lui, il sentit la force de son érection emplir tout l'espace de l'entrejambe dans son pantalon.

— Oh Damen, si tu savais comme je suis excitée… par…

Elle caressait les petits cheveux de sa nuque, et il ferma les yeux une fraction de seconde. Les sensations qui fusaient en lui étaient inattendues.

— … Par tes deux millions de dollars !

Sur ces mots, elle recula si vivement qu'il crut perdre l'équilibre. Mais il comprit aussitôt qu'elle avait gagné. Elle venait de relever le défi qu'il lui avait lancé avec une facilité et un panache qui le laissaient, littéralement, sans voix.

Autant parce qu'il l'admirait que parce qu'il venait d'avoir très peur : durant quelques instants, il avait cru se retrouver auprès de celle qui avait brisé sa vie. Une sorte de panique le traversa.

Stéphanie repoussa une de ses boucles derrière son oreille et s'enquit, d'une voix où perçait une pointe de satisfaction :

— Alors ? J'étais comment ?

Qu'est-ce qu'elle voulait ? Des applaudissements ? À dire vrai, elle les méritait.

— Tu t'en es plutôt bien tirée, concéda-t-il.

Et au moins, pensa-t-il, elle ne cherchait pas à dissimuler sa motivation.

— Est-ce que le marché est conclu, dans ce cas ?

— Je vais faire rédiger le contrat sur-le-champ, acquiesça-t-il. Avec les clauses que tu demandes. La moitié de la rétribution payable dès signature et pas de baiser.

C'était peut-être parce qu'elle venait de réveiller chez lui un souvenir traumatisant ? Ou bien parce qu'elle lui faisait péniblement comprendre que ce qu'elle avait adoré quelques mois plus tôt était désormais proscrit ? Ou encore, parce qu'elle le remettait à sa place avec un plaisir non feint ? Quoi qu'il en soit, Damen ajouta mentalement un volet à leur partenariat. Il comptait respecter à la lettre le désir de Stéphanie et le lui faire amèrement regretter.

De même qu'il l'avait séduite à Melbourne, il la séduirait une seconde fois. Il la sentirait fondre dans ses bras.

Et elle le supplierait de lui accorder ses baisers.

5.

C'était de la folie pure. Elle s'engageait dans une mascarade ridicule et elle allait mentir, prétendre être quelqu'un qu'elle n'était pas, pour contenter un homme qu'elle détestait ! Qu'elle détestait, oui, mais… qui l'attirait toujours. Au fond de son esprit, la voix de la raison la suppliait de faire machine arrière tant qu'il était temps.

— Stéphanie ?

— Oui, excuse-moi, marmonna-t-elle en reportant son attention sur l'homme qu'elle venait de conduire dans le grand bureau de la villa.

Il y avait vingt-quatre heures qu'elle lui avait donné son accord. Vingt-quatre heures qu'elle passait sans cesse de l'excitation à l'abattement, du bonheur d'offrir un avenir sécurisé à sa grand-mère à la terreur de s'être jetée dans la gueule du loup.

Un rayon de soleil tomba sur les cheveux de Damen, ravivant l'éclat de sa peau lisse, au moment où il s'installa au bureau, face à elle. Il sortit un document de son attaché-case et expliqua :

— Je te disais que le contrat est directement rédigé en anglais et non en grec, afin que tu puisses en prendre connaissance sans traduction.

— Merci, répondit-elle, étonnée par cette attention.

Il redevenait le Damen qu'elle avait rencontré à Melbourne : attentif, protecteur envers ses amis, songeant à tout. Damen le roc, celui sur qui ses proches pouvaient compter, l'homme de la situation – quelle que soit la situation.

Il lui tendit les deux exemplaires et un superbe stylo-plume. Steph déglutit. Réprimant un frisson, elle se sentit en proie au doute. Non, il fallait qu'elle se calme. Qu'elle ne songe qu'à Mamy et à son propre futur. De cette étrange affaire dépendaient sa vie professionnelle et son équilibre intérieur. Préférait-elle passer plusieurs décennies à rembourser des dettes ?

Non, bien sûr, mais… Le petit défi de la veille l'avait déstabilisée. En lui prouvant qu'elle était capable de jouer le rôle de la compagne énamourée, elle avait connu des sensations très… perturbantes. Qu'elle le veuille ou non et que cela lui plaise ou non, cet homme-là exerçait sur elle un pouvoir et un charme dévastateurs. Son regard, sa bouche, sa peau, son parfum, et l'incroyable force virile qui se dégageait de lui… Chaque fois qu'elle se retrouvait en sa présence, son cœur battait à coups redoublés, et elle perdait ses moyens.

Pouvait-elle espérer surmonter cette faiblesse si elle passait quelque temps auprès de lui ?

Durant une longue minute, elle réfléchit. Sans doute avait-elle avant tout besoin de retrouver confiance en elle. Ces derniers temps, la trahison de Jared et les problèmes consécutifs l'avaient mise au tapis. Elle avait eu l'impression que le monde cédait sous ses pieds, qu'elle tombait dans un précipice sans fond.

Alors même si Damen n'avait rien du compagnon idéal… Une aventure hors des sentiers battus pouvait lui faire du bien. Elle en avait assez d'être étranglée par la culpabilité, de sentir le poids de ses dettes sur ses épaules, de se ronger les sangs à propos de Mamy. Il fallait tourner la page.

— Tu as fini de lire ? demanda Damen d'un ton où pointait l'impatience.

Sa remarque lui déplut. Elle fronça les sourcils.

— J'aime prendre mon temps quand j'ai des documents juridiques en main, répondit-elle sèchement.

Son manque de rigueur en la matière, quelques mois plus tôt, avait facilité la fuite de Jared avec ses fonds. Aussi chassa-t-elle ses doutes pour scanner chaque mot et chaque paragraphe du contrat, à la recherche de la tournure douteuse qui pourrait lui jouer un tour.

Cependant, dans ce cas, elle n'avait pas à fournir d'effort. Le document faisait moins de trois pages, et ce qu'elle savait déjà lui était formulé en toute clarté, ne laissant place à aucune ambiguïté.

Elle se sentit rassurée. Du moins pendant quelques secondes : comme elle relevait la tête, il arrima son regard au sien, et elle se sentit aspirée par cette mer de jade. Son rythme cardiaque s'accéléra, et un léger vertige s'empara d'elle. Oh non, elle n'avait aucune raison de se croire en sécurité auprès de Damen Nicolaides. Mais comme le problème venait d'elle, elle saurait bien y remédier. De son côté, il ne l'avait jamais désirée – et elle ne risquait pas de l'oublier. Alors ces quelques semaines ensemble seraient profitables : en le connaissant mieux, elle finirait par ne voir en lui qu'un ami de ses amis, avec qui elle remplissait une mission certes peu orthodoxe, mais très avantageuse. D'ailleurs, elle avait l'intention de tout raconter à Emma quand ce serait fini.

Elle baissa les yeux sur le paragraphe stipulant qu'elle percevrait « un million de dollars, payable par virement bancaire le jour même de la signature dudit contrat ». Un autre vertige la saisit. Délicieux, celui-ci. Il faudrait être folle pour hésiter !

Toutefois, elle poursuivit sa lecture et tomba sur la seconde clause essentielle à ses yeux.

« Aucun baiser sur les lèvres ne sera autorisé sauf sur l'invitation expresse de Mlle Logan. »

Ça alors ! L'ego de cet homme-là était plus gros que lui ! Il croyait qu'elle allait le prier de l'embrasser ?

— Un problème ? s'enquit Damen,

Steph fulminait. Il avait probablement vu la vapeur qui lui sortait par les oreilles, et elle pensa : « Pas de baiser », c'était clair, net, précis. Comment avait-il osé assortir cet alinéa d'une supposition aussi machiste et arrogante ? Même si elle brûlait de lui poser la question, elle tourna sept fois sa langue dans sa bouche et préféra s'abstenir.

Sur le visage de Damen, elle ne lisait que l'ennui. Il avait hâte que cette étape administrative soit expédiée. Ce mélange d'indifférence et de suprême vanité dans son attitude… Il valait mieux qu'elle ne lui offre pas la satisfaction de lui révéler sa fureur. Le connaissant, il triompherait.

— Non. C'est parfait, répondit-elle après avoir paraphé et signé les deux exemplaires.

— Formidable, répondit-il en rangeant le sien dans sa serviette. Et j'ai bien reçu tes coordonnées bancaires, donc tu devrais voir la somme apparaître sur ton compte demain, ou après-demain au plus tard.

À ces mots, elle sentit un grand bonheur chasser toute colère en elle. Elle retint l'émotion qui lui picotait les yeux. Déjà, elle voyait sa grand-mère dans sa petite villa, entourée d'amis de son âge, bénéficiant de tous les soins médicaux et domestiques dont elle aurait besoin. Son rêve se réalisait : l'être qu'elle chérissait le plus au monde allait se blottir dans un nid douillet, et elle serait délivrée de toute dette.

Alors pourquoi son sixième sens lui soufflait-il qu'elle allait au-devant d'une belle désillusion ?

Une main en visière sur les yeux, Damen parcourut le pont supérieur du yacht et s'immobilisa. Il avait cherché Stéphanie partout, jusqu'à ce qu'un membre de son équipage lui dise qu'il l'avait vue dehors. Et en effet elle était là. Pieds nus, vêtue d'un jean blanc très laid et d'une marinière à rayures rouges.

Il était habitué à ce que ses maîtresses ne portent que des tenues siglées des plus grands créateurs, qu'elles soient coiffées à la dernière mode et rectifient leur maquillage toutes les deux heures. Stéphanie ne se maquillait pas, et sa garde-robe ne devait pas contenir une seule pièce élégante.

Il fallait y remédier le plus rapidement possible. Car même si sa simplicité lui donnait un charme fou, même si elle était ravissante au naturel, personne ne voudrait croire qu'il s'était amouraché d'une femme dépourvue de tout sens du style.

Il tourna les yeux vers l'horizon. Bientôt, ils aborderaient Athènes, et ce problème serait réglé.

Comme la jeune femme fixait elle aussi la silhouette inondée de soleil du port et de la capitale, il s'aperçut qu'elle souriait. Or ce sourire qui éclairait son visage d'une grâce unique ne lui était jamais adressé.

Le sentiment mitigé qui ne le quittait plus depuis qu'il l'avait retrouvée s'intensifia. Il y avait en lui de l'excitation, de l'anticipation et… de la contrariété. Même s'il lui avait accordé du temps, en choisissant ce retour à Athènes depuis Corfou par bateau, elle restait sur ses gardes. En sa présence, elle se montrait toujours prudente. Voire sur la défensive.

Une attitude à proscrire s'il voulait que Manos morde à l'hameçon. Et puis il n'appréciait guère cette froideur. Il était accoutumé à ce que les femmes le gratifient d'envie et d'enthousiasme.

Peut-être avait-il eu tort de compter sur une sorte de fan-club féminin permanent autour de lui ? Clio lui avait souvent répété qu'il misait trop sur cette facilité dans ses relations avec le beau sexe. Que ce n'était pas sain, et que cela lui jouerait des tours.

Eh bien en tout cas, avec Stéphanie, il ne risquait pas d'être trop flatté… Elle versait dans l'extrême inverse : sans doute serait-il possible de trouver un niveau intermédiaire ?

Plusieurs fois au cours du voyage, elle avait laissé tomber ses défenses. Sur l'île de Céphalonie où ils avaient fait escale pour une plongée, elle avait été folle de joie d'admirer une tortue de mer. À tel point qu'elle avait passé son bras autour de ses épaules pour sautiller, ravie.

Damen lui avait fait part de sa passion pour la faune sous-marine, lui parlant de la fondation qu'il avait créée pour préserver les espèces menacées. Chaque fois qu'ils avaient abordé le sujet de la nature, elle s'était montrée souriante et agréable. Pleinement à son aise.

Le reste du temps… Elle marchait sur des œufs.

Cette gêne allait cesser dès maintenant, décida-t-il. Il lui avait accordé suffisamment de temps. Désormais, ils allaient incarner les tourtereaux de façon plus convaincante que les meilleurs acteurs de Hollywood, et Stéphanie honorerait le contrat qu'elle avait signé.

Comme si elle avait perçu sa présence, elle se retourna. Ses grands yeux couleur noisette s'assombrirent, et ses joues rosirent, révélant son trouble. Parfait. Elle le désirait, il en était certain. Et c'était exactement ce genre de réaction dont il avait besoin pour convaincre Manos.

— *Kopela mou !* s'exclama-t-il d'un ton langoureux. Enfin, te voici…

Sans hésiter, il s'approcha et glissa une main autour de sa taille pour l'attirer près de lui.

— Qu'est-ce que tu fais ? protesta-t-elle en sursautant, comme si elle venait de recevoir une décharge électrique.

— J'entame notre liaison, ma chérie, susurra-t-il en la serrant plus fort.

Il ne s'était pas trompé. Il lui plaisait, c'était évident.

— Nous sommes presque à Athènes, reprit-il. Regarde

autour de toi. De plus en plus de bateaux nous entourent. Et des gens nous regardent. Ils fixent le pont de mon yacht, reconnaissable entre tous, avec curiosité.

La jeune femme se détendit légèrement et suivit la direction qu'il lui indiquait. De nombreux voiliers s'approchaient du port, et plusieurs vedettes traçaient un sillon d'écume en circulant dans cette zone.

Damen n'avait pas menti. Peut-être un peu exagéré, car s'il excitait toujours l'attention de la presse, rares étaient ceux qui savaient que *l'Amphitrite* était son yacht.

— Un paparazzi ou un badaud armé de son téléphone, et la photo du milliardaire et de sa nouvelle conquête se retrouvera dans les tabloïds, enchaîna-t-il.

— Quoi ? Des photos ? Tu veux dire que je risque d'apparaître dans les journaux ?

Sa voix accusait le choc. Elle paraissait stupéfaite… et horrifiée.

Damen soupira. Venait-il de briser une de ses illusions ? Était-elle assez naïve pour croire qu'une nouvelle femme au bras de Damen Nicolaides ne ferait pas l'objet de la rapacité médiatique ? À plus forte raison une Australienne, totalement inconnue !

— Tu n'as aucune raison d'être effrayée, lui assura-t-il. Je suis là pour te protéger, et ils ne perceront pas notre intimité. D'ailleurs, nous leur donnerons ce qu'ils veulent, et cela les incitera à se montrer respectueux.

— Comment cela en…

Elle s'interrompit, comme il plaçait son index sous son menton pour la contraindre à plonger son regard dans le sien. Leurs visages n'étaient distants que de quelques millimètres.

Stéphanie se laissa faire. Elle parut recouvrer son sang-froid en une fraction de seconde et afficha le sourire d'une communicante émérite – ou d'une fiancée éperdue d'amour.

Damen espéra que cet instant serait immortalisé par un téléobjectif, quelque part à bord de l'un des vaisseaux alentour. Car il n'en doutait pas : elle allait lui demander de l'embrasser. Tôt ou tard, elle le ferait.

6.

Une myriade de frissons courait sur la peau de Steph. Un brasier s'était allumé dans son bas-ventre. Son sang était comme de la lave, et elle investissait toute sa concentration et son énergie dans ses talents d'actrice.

Or elle n'était pas une actrice.

Et elle ne s'était jamais préparée à l'être…

— Arrête de me jeter ce regard terrifié, protesta-t-il très bas, son souffle se mêlant presque au sien. Nous sommes supposés être follement amoureux l'un de l'autre, tu as oublié ?

Oh non, aucun risque. Tandis que son cœur s'emballait encore, elle s'efforça de dominer son trouble et rassembla tout son courage pour garder la pose, les yeux dans les yeux avec lui.

Elle sentait son bras qui lui brûlait la taille, et c'était tout juste si elle parvenait à respirer. Son parfum de musc l'envoûtait et, malgré elle, elle se faisait aspirer par son intense regard vert.

— Combien de temps allons-nous devoir rester ainsi ? demanda-t-elle entre ses dents serrées.

Elle n'avait guère d'expérience en matière d'érotisme, mais elle savait ce qui lui arrivait. Ses seins tendaient la toile de son T-shirt, gonflés de désir. La boule de feu qui la ravageait provoquait une humidité gênante au niveau de son entrejambe. Et elle se rappelait qu'elle avait déjà éprouvé tout cela avec Damen, quelques mois plus tôt, à Melbourne. Qu'elle l'avait embrassé de sa propre initiative. Sur le moment, rien ne pouvait l'arrêter, et les sensations qui l'avaient envahies étaient si puissantes qu'elle aurait l'aurait suivi jusque dans son lit, s'il l'avait voulu.

Justement, il ne l'avait pas voulu. Il ne voulait que s'emparer de son téléphone et la ramener chez elle pour ne plus jamais la revoir, une fois sa mission remplie auprès de Christo.

— Allons, allons, susurra-t-il de sa voix de serpent. Tu n'es pas bien, Stéphanie ? On dirait que je t'inflige un authentique calvaire…

Elle prit une grande inspiration et sentit sa poitrine effleurer son torse. Aussitôt, il afficha un sourire carnassier, comme pour lui confirmer qu'il savourait un peu trop de la mettre si mal à l'aise.

À l'instant précis où elle allait protester, il s'éloigna lentement pour s'accouder au bastingage, tout près d'elle mais sans la toucher.

Elle réprima un long soupir de soulagement et l'imita, offrant son visage empourpré à la caresse du vent.

— Un petit entraînement ne pouvait pas nous faire de mal, dit-il. D'ailleurs, à Athènes, les occasions de nous améliorer ne manqueront pas.

— C… Comment cela ? balbutia-t-elle, encore assommée par la violence de ses propres émotions.

— J'ai mes bureaux ici, lui rappela-t-il. Cocktails, inauguration, sorties diverses… Nous paraderons très souvent l'un près de l'autre.

Steph hocha distraitement la tête. Un couple pour les apparences, et seulement pour les apparences : voilà ce qu'ils étaient, se répéta-t-elle.

— Est-ce qu'elle sera à Athènes ? l'interrogea-t-elle. La femme avec qui tu as eu une relation ?

Elle n'était pas jalouse. Bien sûr que non. Au contraire,

elle était reconnaissante à cette femme de lui rappeler qui était vraiment Damen : un collectionneur d'aventures prêt à payer une femme pour faire comprendre à une autre qu'elle n'avait aucune chance de se faire une place dans sa vie. Un célibataire aux poches si pleines qu'il s'autorisait le comportement d'un étudiant découvrant la fac et la liberté sexuelle. Un être sans foi ni loi, incapable d'aimer.

— Tu n'as pas besoin de te soucier de cela, répliqua-t-il.

Piquée par son intonation arrogante, elle le foudroya du regard.

— Cette mascarade ne fonctionnera jamais si tu continues à voir secrètement ta maîtresse à Athènes ! s'exclama-t-elle. Quelqu'un finira bien par découvrir que…

— Mais combien de fois vais-je devoir te le dire ? la coupa-t-il, visiblement exaspéré. En ce moment, je n'ai ni maîtresse, ni petite amie, ni fiancée ! Sauf toi, Stéphanie.

Il avait ajouté ces derniers mots avec plus de calme, et elle s'en voulut de l'avoir provoqué. Elle avait cru que ces quelques jours de croisière lui permettraient de cimenter son dégoût envers lui. En réalité, ce qu'il lui inspirait était toujours paradoxal. Cet homme ne se laissait pas ranger aussi facilement qu'elle l'aurait voulu dans des catégories préconçues. Sauf, sans doute, en ce qui concernait ses relations personnelles avec les femmes.

Pour le reste… Elle avait découvert que les membres de son équipage travaillaient tous pour lui depuis longtemps et semblaient enchantés par leur vie professionnelle. De toute évidence, leur patron leur faisait confiance, ils s'organisaient à leur gré, et ils étaient généreusement rétribués. Un homme chargé de l'entretien des cabines lui avait même révélé qu'il bénéficiait de deux semaines de congés payés en plus de ce à quoi il avait droit n'importe où ailleurs. Il appelait cela « la cerise sur le gâteau » pour travailler sur l'un des plus beaux yachts du monde.

Quant à la façon dont Damen traitait ses amis, Steph avait déjà eu la preuve de sa loyauté absolue : elle en avait fait les frais.

Comme ils pénétraient dans la zone portuaire, elle fixa son attention sur les luxueux bateaux amarrés à quai. Certains yachts paraissaient presque aussi grands que *l'Amphitrite*. Il y avait peut-être une convention de milliardaires en ville, en ce moment ?

— Allons-nous séjourner à bord ? s'enquit-elle.

« À bord » ne rendait pas justice au luxe du bateau : salle de cinéma privée, piscine olympique à fond transparent, suites dignes d'un palace… Steph se perdait souvent. Elle avait été profondément touchée par la gentillesse des divers membres d'équipage. On lui avait réservé un coin rien que pour elle dans l'immense bibliothèque, et elle devait admettre qu'elle était déjà accro aux équipements de la salle de gym. Incontestablement, il y avait des avantages à tenir le rôle de la petite amie d'un milliardaire.

— Non, voyons… Nous irons dans mon appartement.

Elle se tourna vers lui, étonnée, et demanda :

— Ah ? Tu vis ici dans un appartement ? Je t'aurais plutôt imaginé dans un château, quelque part sur les hauteurs, avec une centaine d'hectares de parc…

À Melbourne, elle croyait avoir affaire à un homme très riche. Depuis qu'elle était montée à bord de *l'Amphitrite*, elle avait pris la mesure de l'opulence de Damen. Même si la notion de milliardaire restait floue dans l'esprit d'une simple voyagiste, issue de la petite classe moyenne.

— Navré de te décevoir, répliqua-t-il d'un ton railleur. Je trouve plus pratique de vivre dans un appartement au centre-ville. Tu partageras peut-être mon avis si je t'annonce qu'il se trouve au cœur du quartier des belles boutiques pour femmes ? Tu trouveras exactement ce qu'il te faut.

Curieuse remarque. Mais c'était aimable de sa part. Steph haussa les épaules.

— Merci, mais je ne pense pas faire de shopping.

Si elle disposait de temps libre à Athènes, elle allait le consacrer à visiter les splendeurs de la ville. Elle n'était pas une maniaque des achats de vêtements et de toute façon, elle n'avait plus un sou. Le million de Damen avait permis d'éponger la dette laissée par Jared et de payer un peu plus d'un tiers de la résidence de Mamy.

Néanmoins, son compagnon la considérait avec incrédulité.

— Tu as besoin de nouvelles tenues, insista-t-il en plantant son regard dans le sien.

Steph le dévisagea avec la même perplexité. Puis elle se sentit à la fois vexée et irritée.

— Tu es en train de me faire passer un message ? demanda-t-elle, suspicieuse. Tu trouves que je ne me hisse pas à la hauteur extravagante de tes standards ?

Damen reconnut les éclairs dans le regard noir de la jeune femme. C'étaient ceux d'une femme passionnée qui prenait la mouche au premier mot de travers… De sa part, en tout cas. Or s'il appréciait de plus en plus le tempérament de feu de Stéphanie, il importait qu'elle comprenne qu'elle ne pouvait pas se présenter comme sa petite amie dans des tenues décontractées lavées cinquante fois depuis l'achat.

En ce qui le concernait, c'était le cadet de ses soucis. Elle était ravissante en toute occasion, il n'avait jamais cultivé de snobisme vestimentaire et il était certain qu'elle aurait rayonné de pétulance et de grâce, même dans un sac à pomme de terre.

Il fronça les sourcils en examinant la trame usée de son jean blanc et le coton informe de sa marinière. Steph avait l'air d'une jeune femme naturelle, sexy, simple. Aux yeux de Manos, cela ne suffirait pas. Il faudrait qu'elle ait l'air d'une femme qu'il pouvait épouser. Or un milliardaire songeant à se caser couvrait sa dulcinée de cadeaux.

— Incroyable ! s'exclama-t-elle. J'ai raison, n'est-ce pas ? Tu es en train de te dire que tu auras honte de moi si je suis vue à ton bras dans ma garde-robe habituelle ?

— Non, Stéphanie, je n'ai pas honte de toi.

En renversant les données, le risque était qu'il passe, lui, pour un odieux grippe-sou. Donc, pour un homme assez peu amoureux pour offrir à sa fiancée de quoi s'habiller conformément au *dress code* de la haute société.

— Tu as une tenue pour le mariage ? s'enquit-il.

Il songea à la petite valise qu'elle avait embarquée. Les chances qu'elle contienne une autre tenue de fête que la robe de demoiselle d'honneur étaient minces.

Comme elle restait coite, il poussa un profond soupir et reprit :

— Nous allons assister à plusieurs événements publics à Athènes. Toutes les femmes porteront des escarpins à talons interminables, des bijoux, des robes de créateurs italiens… Ce genre de choses. J'ai seulement peur que tu ne te sentes pas à ton aise. Or il est primordial que tu aies l'air détendue.

Au regard de sa compagne, il comprit qu'il avait avancé le bon argument.

— Je… Je ne peux pas m'offrir des vêtements de créateur, avoua-t-elle.

— Pardon ?

Est-ce qu'elle plaisantait ? Il venait de lui verser un million de dollars ! Elle pouvait tout de même investir dans une ou deux tenues de gala !

— Je ne peux pas, répéta-t-elle d'un ton ferme.

Comme elle détournait le regard, il comprit que ce n'était guère son intention. Et qu'elle attendait qu'il se charge lui-même de cette dépense… Oui. De toute évidence, elle était déterminée à lui arracher tout ce qu'elle pourrait, côté porte-monnaie.

La déception lui étreignit la gorge. Il l'avait mal jugée. Et elle lui rappela une nouvelle fois quelqu'un qu'il faisait tout pour oublier. Une femme qui, comme elle, ne souriait qu'en présence d'une liasse de billets. Damen était si jeune, si naïf, qu'il avait failli sombrer corps et biens dans son piège.

Il serra la mâchoire et jeta un coup d'œil sévère à sa compagne qui fuyait toujours son regard.

Ainsi, l'honnêteté n'existait pas. Elle était comme les autres et ne s'intéressait qu'à son compte en banque.

Damen afficha un sourire mielleux et rétorqua :

— Dans ce cas, *kopela mou*, permets-moi de t'offrir les vêtements dont tu vas avoir besoin. Mais je me réserve le droit de les choisir, et sache que ce sera un immense plaisir que de t'habiller.

Dans la limousine qui les conduisait en ville pour leur expédition shopping, Steph ouvrit la bouche pour s'expliquer. Mais elle se ravisa et préféra garder le silence. Sa situation financière ne regardait qu'elle. Elle s'en voulait, cependant, de ne pas avoir songé à cet aspect des choses. Damen avait raison : il fallait bien qu'elle se coule dans le moule, que le moule soit ou non à son goût. Elle aurait dû penser à mettre de côté une enveloppe confortable pour ses frais. Et maintenant elle était prise au piège : il allait jouer avec elle tel un gros matou avec une souris.

La voiture les arrêta dans une rue où les boutiques ne ressemblaient en rien à celles que Steph fréquentait d'ordinaire : en vitrine rayonnait un mannequin, et seuls quelques cintres étaient accrochés aux portants, à l'intérieur. Les prix n'étaient pas affichés, chaque pièce semblait unique, et les vendeuses avaient l'air de stars de cinéma.

Damen l'incitait à pousser la porte de l'un de ces temples

de la haute couture quand son portable vibra. Après avoir consulté l'écran, il déclara :

— Excuse-moi, Stéphanie. Je dois prendre cet appel. Entre, je te rejoins.

Elle acquiesça, mais en pénétrant au sein d'un magasin immense, en dépit du peu de marchandise proposée, elle sentit son malaise lui nouer l'estomac. Les vendeuses, une jeune et une plus mûre, lui jetèrent un regard presque réprobateur et répondirent froidement à son bonjour.

Dans son jean, son T-shirt et ses sandales plates, elle avait conscience de détonner.

Lentement, elle s'approcha des cintres et regarda une blouse brodée d'écussons aux couleurs primaires, très intenses.

— Puis-je vous aider ? Vous cherchez quelque chose de précis ? s'enquit dans sa langue la vendeuse d'âge mûr.

— Euh… Une robe, dit-elle. Mais pour le moment, je préfère jeter un coup d'œil. Merci.

Comme elle se décalait de quelques centimètres pour admirer un autre vêtement, elle comprit que la vendeuse avait imité son mouvement et se tenait toujours derrière elle. Comme si… Non !

Tandis que son cœur battait lourdement dans sa poitrine, elle s'efforça de contenir son sentiment d'outrage et de révolte. Ces femmes la prenaient pour une voleuse potentielle ! Écarlate, elle se retourna vers la dame et la dévisagea en silence, cherchant la réponse à sa question dans son regard suspicieux.

— Qu'est-ce qui se passe ? Il y a un problème ? demanda Damen d'une voix froide.

Il se tenait dans l'encadrement de la porte et les fixait, toutes les deux. Visiblement, il avait tout de suite compris que l'attitude des deux femmes n'était pas normale.

Steph s'éloigna et le rejoignit d'un pas majestueux.

— Non, aucun problème, répondit-elle. Mais je ne vois rien qui me plaise, ici.

Il fronça les sourcils et jeta un regard lourd de sens à la vendeuse la plus âgée qui eut l'air de vouloir disparaître sous terre. Puis il reporta son attention sur elle. Elle sentait son cœur s'apaiser.

— Tu en es sûre ? insista-t-il. Si tu veux quelque chose…

— Merci, mais non. Je ne pense pas que ce soit mon style.

— Tu as raison, *agapi mou*, dit-il en lui prenant le bras et en l'entraînant vers la sortie.

Dès qu'ils furent dans la rue, il scruta son visage et reprit :

— Ignore cet incident. Elles ne valent pas la peine que tu leur accordes une seconde d'attention supplémentaire.

— Merci, répondit-elle avec chaleur.

Elle lui était reconnaissante d'avoir pris sa défense. Sa colère était authentique et spontanée. Bien sûr, elle était capable de se débrouiller seule face à des personnes désagréables, mais elle devait admettre qu'il l'avait protégée, et qu'elle aimait cela.

La boutique suivante éclipsa définitivement son malaise et ses inquiétudes. Il s'agissait encore d'un magasin ne proposant que quelques pièces uniques, mais le décor sobre et élégant invitait à la relaxation, et il flottait dans l'air un parfum exquis de roses et de lis. De grands bouquets étaient disposés un peu partout.

La jeune vendeuse, souriante et enthousiaste, leur offrit une tasse de thé et tendit immédiatement à Steph une robe de soirée en soie turquoise qui lui fit battre le cœur.

— Quelle splendeur !

— Oui, et cette couleur est magnifique avec vos yeux, renchérit la vendeuse.

— Et celle-ci ? suggéra Damen en désignant une robe de cocktail au dégradé de beige très chic.

— Ce n'est pas la bonne palette, répondirent Steph et la vendeuse d'une seule voix.

Damen se réjouissait de voir Stéphanie s'épanouir et prendre confiance, au fil des essayages. La vendeuse, qui avait un goût et un flair très sûrs, semblait avoir détecté le tempérament sauvage de sa compagne, car elle lui proposait des couleurs pures, vives ou profondes, affirmant sa personnalité au lieu de la dissimuler.

Il ne s'était pas complètement débarrassé de la colère qui l'avait saisi, quand il avait vu Stéphanie prostrée et honteuse, à côté des deux vendeuses de l'autre boutique.

Il se rappelait avoir entendu Emma dire qu'elle avait pris confiance en elle grâce à Stéphanie, que celle-ci était animée d'une force et d'un courage remarquables. Sans doute, mais elle avait aussi une part de vulnérabilité.

Après la robe turquoise et la classique petite robe noire, qui avaient emporté son adhésion, une combinaison à dos nu, coupée dans un tissu aérien, séduisait maintenant sa compagne.

— Combien de tenues me faut-il, au juste ? s'enquit-elle.

Il n'y avait pas réfléchi. L'aigreur qu'il avait conçue envers elle, lorsqu'elle avait déclaré ne pas pouvoir se payer de vêtements, à bord du yacht, s'était évanouie.

Il ignorait pourquoi elle n'avait plus d'argent mais il était certain que c'était le cas : le million qu'il lui avait versé avait disparu. Décidément, Stéphanie Logan lui réservait bien des surprises – et dissimulait bien des secrets.

— Je n'en sais rien, dit-il en toute franchise. Prends tout ce qui te plaît, pourvu qu'il y ait des tenues de soirée, de cocktail, et surtout plusieurs robes pour le mariage.

— Mais voyons, Damen, ça me gêne… Non, je ne peux pas…

Il sourit.

— Allons, la coupa-t-il. Nous ne parlons que de quelques vêtements. Ils te seront indispensables. Viens, je vais prier la vendeuse de tout faire livrer à mon appartement, pour que nous allions tout de suite nous occuper de tes chaussures.

7.

Après une semaine à Athènes, Steph se réjouissait que Damen l'ait poussée à acheter de nouveaux vêtements, même si elle restait embarrassée qu'il les ait achetés lui-même. En cet instant, depuis la fabuleuse demeure de l'un de ses amis, qui surplombait la capitale, elle savourait le panorama, songeait qu'elle avait de la chance… et tâchait de dominer son inquiétude.

Le penthouse de Damen, idéalement situé au pied du mont Lycabette, était un appartement de célibataire : elle avait cru défaillir en découvrant que cette immense espace ne comprenait qu'une chambre, mais Damen s'était montré un gentleman jusqu'au bout des ongles en s'installant dans une alcôve du salon, lui laissant la jouissance exclusive de sa suite.

À chacune de leurs sorties, il avait tenu parole : jamais il n'avait tenté de l'embrasser.

Pourtant, le jeu étrange auquel ils se consacraient réservait ses petits effets. À force de le sentir sans cesse contre elle à l'extérieur, d'échanger de faux regards complices, de frémir quand son souffle chaud lui effleurait l'oreille et d'entrelacer ses doigts dans les siens… Elle finissait par s'habituer à ce contact permanent.

Parfois, il fallait qu'elle se rappelle que ce n'était qu'une illusion. Le premier soir, lors de l'inauguration d'un nouveau musée, leur intimité forcée l'avait paralysée…

Mais maintenant, après huit jours de pratique intensive, les gestes affectueux et les sourires lui venaient avec une facilité déconcertante.

D'où son inquiétude. Elle alla faire un tour dans la salle de bains réservée aux invités, et alors qu'elle se remaquillait, son reflet lui renvoya un regard accusateur : il existait une grande différence entre remplir une mission et s'y complaire… Bon sang, qu'était-elle en train de faire ?

Bah, une petite dose de *dolce vita* était bonne à prendre pour n'importe qui, non ? Pendant que Damen travaillait, elle se faisait conduire par son chauffeur dans tous les lieux touristiques de la ville. Elle était enchantée de passer des heures dans les musées et de s'offrir des promenades contemplatives au cœur des plus beaux sites antiques, mais elle appréciait davantage encore ses explorations au bras de Damen. La veille, après sa visite des ruines du temple de Poséidon, il l'avait retrouvée au cap Sounion, où ils avaient contemplé le coucher du soleil. Bien sûr, elle n'oubliait pas que leur présence en un lieu si romantique était destinée aux photographes. Ils avaient passé chaque soirée de la semaine ensemble, à se montrer aux terrasses des meilleurs restaurants, et Steph avait appris à apprécier l'esprit, l'humour, la culture et les gestes délicats de Damen. En d'autres circonstances, il aurait correspondu au genre d'homme qui pouvait l'attirer, admettait-elle.

Mais c'était sans doute dû à ses talents de comédien.

Revenue sur la terrasse, comme un ciel zébré de rose inondait Athènes, elle caressa la soie turquoise de sa robe, la première qu'elle avait essayée dans la boutique. Sa coupe très féminine l'obligeait à faire l'impasse sur le soutien-gorge, et à chaque fois que la brise soufflait sur ses épaules nues, elle avait peur que ses tétons ne se devinent sous la soie.

En même temps, elle se rendait compte qu'elle prenait confiance en elle. Elle osait des tenues qui lui plaisaient.

Damen la faisait sortir de sa zone de confort, et elle était heureuse de relever tous ces petits défis.

Elle tourna les yeux vers lui. Comme toujours, il irradiait de charme et de masculinité, dans son costume qui mettait en valeur sa carrure athlétique. Soudain, ce ne fut pas de son aptitude à jouer la mascarade qu'elle douta, mais d'elle-même. Car elle avait beau se couler peu à peu dans le moule, elle n'en demeurait pas moins une imposture.

En pleine conversation avec des amis, il se tourna vers elle et lui sourit avec tant de chaleur qu'aussitôt son malaise s'évanouit. Emplie d'une force nouvelle, elle rentra dans le grand salon où de nombreux convives dansaient, bavardaient et riaient en dégustant un cocktail.

— Vous cherchez Damen ? s'enquit son hôte en approchant d'elle. Je crois qu'il est sur la terrasse.

Elle sourit au millionnaire, un homme en smoking noir qui s'était montré très affable en l'accueillant.

— Oh non, répondit-elle tranquillement. Je venais juste…

— Vous voulez danser ? suggéra-t-il.

— C'est très aimable à vous mais, non, merci.

Perchée sur ses superbes sandales à semelle rouge, elle était déjà satisfaite de savoir marcher sans se tordre les chevilles, et elle se dirigea vers le bar pour y prendre un grand verre d'eau gazeuse. Depuis son arrivée à Athènes, elle se montrait vigilante à sa consommation de champagne et de cocktails.

Leur hôte la rejoignit et lui proposa de visiter le jardin statuaire où il conservait quelques très belles pièces. Steph fut ravie de parler avec lui et avec les invités qui les rejoignaient de la vie artistique en Grèce. Elle était curieuse de tout ce qui concernait ce pays fascinant et ne vit pas le temps passer.

Enfin, elle retourna vers la terrasse et aperçut Damen en compagnie d'une somptueuse créature blonde. Tandis qu'une insidieuse coulée acide se répandait dans son sang, elle les fixa.

La femme était tout ce que Steph ne serait jamais : aussi à l'aise sur ses onze centimètres d'escarpins que si elle était née dessus. Son port de reine et ses mouvements gracieux mettaient en valeur la ligne parfaite de sa silhouette. Dans sa robe stylée, un faux nœud marquant sa taille, elle dévoilait ses jambes au galbe de rêve.

Oui, sa beauté coupait le souffle.

Damen et elle semblaient silencieux, et pourtant quelque chose, dans leur attitude, trahissait un lien étroit, une intimité subliminale. Une relation très spéciale… Comme s'ils n'avaient pas besoin de se parler. Comme s'ils partageaient mille secrets.

Steph marqua un temps d'arrêt.

C'était forcément elle.

La femme pour qui il avait organisé à grands frais toute cette mise en scène. Celle à qui il consacrait tant d'efforts et à propos de laquelle il prétendait qu'elle n'était pas sa maîtresse.

Une amertume lui nouant la gorge, Steph se dirigea vers eux. Dès que Damen la repéra, il garda les yeux rivés sur elle. Ce regard-là la perturbait au plus haut point, parce qu'il avait tout d'une invitation érotique, brûlante et sensuelle. Jamais un autre homme ne lui avait fait cet effet.

Lorsqu'elle s'arrêta à leur hauteur, ce fut la femme qui s'interrompit et la gratifia d'un large sourire.

— Steph ! Quel plaisir de vous revoir, déclara-t-elle en l'embrassant.

Dans les effluves de son parfum aux accents de rose et de citron, médusée, Steph sentit la chevelure de l'inconnue lui caresser la joue.

Elle cligna les yeux en la dévisageant et balbutia :

— C… Clio ?

Brièvement, elles avaient fait connaissance à Corfou. Clio était une amie grecque d'Emma et de Christo, se rappela-t-elle. Bien qu'elles n'eussent pas eu l'occasion de bavarder longuement, toutes les deux, Steph avait beaucoup apprécié cette jeune femme au rire contagieux.

Ces retrouvailles lui firent l'effet d'une douche écossaise. Clio n'était pas seulement belle et sophistiquée. Du peu qu'Emma lui en avait dit, Steph savait qu'il s'agissait d'une personnalité forte, intelligente, dotée d'un cœur d'or. Le genre de femme que les hommes ne se réservaient pas pour une petite aventure mais pour la vie entière. En somme, Clio était la perle rare.

Alors même si Damen ne souhaitait pas se marier pour le moment, il était évident qu'elle correspondait à son idéal. Non seulement elle saurait se glisser dans son univers tel un poisson dans l'eau, mais elle avait tout pour le rendre heureux.

Steph ne comprenait pas pourquoi son cœur battait si fort, ni d'où lui venait la boule qui lui bloquait le ventre, comme si elle avait reçu un coup de poing.

Un sentiment empoisonné filtrait dans ses veines, or elle n'était pas envieuse et n'avait aucune raison de l'être.

Sur le chemin du retour, Stéphanie était étrangement silencieuse. Damen la sentait tendue, à côté de lui, sur la banquette arrière de la limousine. Il commençait à décrypter ses humeurs, depuis qu'ils vivaient ensemble ; et il avait conscience qu'elle était dans cet état d'extrême nervosité depuis la fin du cocktail.

Il poussa un profond soupir.

Il faisait de son mieux pour qu'elle se détende et avait cru y parvenir, ces derniers jours. Ses sourires étaient plus naturels, elle plaisantait et riait de bon cœur à chacune de leurs sorties.

La frustration de Damen ne faisait que croître. À mesure

qu'ils se rapprochaient, son désir se faisait plus pressant. Leur baiser à Melbourne ne quittait plus son esprit, il fixait sa bouche pulpeuse avec une soif qui s'intensifiait. Il avait hâte que vienne enfin le moment où elle le prierait de l'embrasser.

Or il n'en doutait pas : ce moment était proche.

Néanmoins, lorsqu'ils rentrèrent chez lui, il eut confirmation que ce ne serait pas pour ce soir. Il n'avait pas encore fermé la porte que la jeune femme se planta face à lui, croisant les bras sur sa poitrine, pour demander d'un ton ferme :

— C'est elle ? C'est Clio ?

Refusant de se laisser démonter, il verrouilla l'entrée, puis traversa le salon d'un pas tranquille en direction du bar.

— Tu veux quelque chose ? proposa-t-il, tout en se servant un ouzo.

Pour une fois, il allait le boire pur. Durant toute la soirée, il s'était contenté d'eau gazeuse parce qu'il devait à la fois avoir l'air d'être l'amant de Stéphanie sans pousser trop loin la proximité… Un véritable numéro d'équilibriste.

— Ce que je voudrais, c'est une réponse, répliqua-t-elle.

Ses yeux noirs lançaient des éclairs. Avec cette posture de lionne et cette robe au bleu si intense, qui révélait la rondeur de sa poitrine et la souplesse de son corps de liane, elle avait l'air d'une amazone prête à charger l'ennemi.

— Je n'ai pas compris la question, dit-il, conservant tout son flegme.

Elle fronça les sourcils.

— Est-ce que Clio est la femme pour qui tu organises toute cette comédie ? Ou bien est-ce que tu la trompes, elle aussi ?

D'un air digne, il avala une gorgée d'alcool et alla s'asseoir dans l'un de ses immenses fauteuils en cuir. Croisant les jambes, tel un homme parfaitement à l'aise avec sa conscience, il haussa les épaules.

— Tu n'as pas besoin de le savoir, décréta-t-il. Cela ne te concerne pas. Ta rémunération à hauteur de deux millions de dollars ne comprend pas la conduite d'un interrogatoire.

Les boucles brunes de la jeune femme se mirent à danser sur ses joues, comme elle secouait la tête, refusant de s'en tenir là.

— Il n'est pas question que je participe à ton jeu s'il doit blesser des gens. Surtout Clio. Je l'apprécie beaucoup.

— J'ai déjà eu l'occasion de te dire que ma mise en scène ne blessera personne. Crois-moi sur parole.

— Je ne peux pas, avoua-t-elle. Tu peux le comprendre, non ? Je ne peux pas me fier à ta parole alors que tu m'as déjà menti.

L'accusation l'atteignit en plein ventre, par surprise, comme un coup irrégulier lors d'un match de boxe truqué. Quel culot ! Personne n'osait porter le déshonneur sur Damen Nicolaides, de façon gratuite et méprisante !

— Inutile de me faire les gros, yeux, reprit-elle. Je ne suis pas une enfant. Tu sais que c'est la vérité. D'ailleurs, je suppose qu'on ne devient pas milliardaire avec des sourires aimables. Qui sait combien de cartes tu as joué sous la table pour parvenir où tu es !

Sidéré, il la contempla encore, refusant d'en croire ses oreilles. Pensait-elle ce qu'elle venait de dire ? Croyait-elle que tout entrepreneur, tout homme d'affaires était corrompu jusqu'à la moelle ? C'était grotesque.

— Tu m'as raconté que tu savais où était Emma. Tu m'as obligée à partir avec toi en voiture sur un mensonge, lui rappela-t-elle.

Croyait-elle se justifier en revenant sans cesse sur cette vieille histoire ?

— Seulement pour que tu me dises la vérité, soupira-t-il. Parce que tu savais où elle était partie.

Elle rejeta cet argument d'un geste agacé de la main.

— Peut-être, mais la fois suivante, quand je te revois, qu'est-ce que tu as à me dire ? Tout de suite, tu me proposes de mentir à tes amis, à ton entourage, à ta famille et au monde entier. Alors comment veux-tu que je te croie sur parole, Damen ? J'ai besoin de savoir de quoi il retourne. Je viens de passer une semaine à me poser cent questions sur chaque femme que nous avons croisée. Est-ce que c'est elle ? Est-ce qu'elle souffre de nous voir ensemble ? Je n'en peux plus…

Elle reprit son inspiration et ajouta :

— Ça ne peut pas continuer comme ça. C'est trop lourd pour moi, et je refuse de porter une telle culpabilité.

Elle parut hésiter avant de conclure :

— J'ai eu tort d'accepter ton offre. Je refuse de duper qui que ce soit. Tiens-moi hors de tes petits jeux cruels.

Quel contresens stupide ! Il sentait la colère chauffer son sang. Et la voix de sa conscience le houspiller : Stéphanie avait l'air sincèrement dévastée.

Bon. Peut-être avait-elle le droit d'en savoir davantage, admit-il pour lui-même. Il ne supportait pas qu'elle le prenne pour un odieux manipulateur, ni pour un arriviste malhonnête.

— Bon, d'accord. Assieds-toi, Stéphanie.

Ne parvenant à s'expliquer pourquoi ses émotions partaient dans un tourbillon d'une telle ampleur, Steph accepta son invitation et tomba dans l'immense canapé. Tout se passait comme si la vision de Damen et Clio avait fait exploser l'équilibre précaire qu'elle avait trouvé depuis quelques jours. Quoi qu'il en soit, elle avait besoin d'accorder à Damen un minimum de confiance et, pour cela, il fallait qu'il se montre clair.

Rivant son regard à celui de son compagnon, elle reprit avec angoisse :

— Alors ? C'est elle ? C'est Clio ?

Il soutint son regard, restant silencieux un long moment avant d'acquiescer.

Un poids comprima la poitrine de Steph. Elle ne pouvait plus respirer.

— Ne me dévisage pas de cette façon, voyons, plaida-t-il de sa voix profonde. Ce n'est pas du tout ce que tu imagines !

Elle regarda cet homme convoité par beaucoup trop de femmes passer une main distraite dans son épaisse et soyeuse chevelure noire.

— Clio n'est pas, n'a jamais été et ne sera jamais ma maîtresse, poursuivit-il. Je la considère comme une sœur et en fait, comme elle a le même âge que moi, elle m'est plus proche que mes sœurs.

— Ah ? Tu as des sœurs ? s'étonna-t-elle.

Elle avait effectué une recherche sur Internet à son sujet mais n'avait rien trouvé concernant sa famille.

— Deux, confirma-t-il. L'une suit ses études aux États-Unis, l'autre travaille sur le continent.

Il observa une courte pause avant de préciser :

— Mais ma mère est en Grèce, et tu la verras au mariage.

— Ah bon ? Mais pas ton père ?

Le regard de son compagnon s'assombrit.

— Il est mort, dit-il d'une voix méconnaissable. Il y a longtemps.

La façon dont il accusait le choc à la seule mention de cet homme était éloquente. La douleur ne le quittait pas.

— Je suis navrée, dit-elle, regrettant d'avoir parlé trop vite.

— Ma mère est la cousine du père de Clio. Il s'appelle Manos, et c'est un homme bien. Il a été un peu comme un mentor pour moi après la mort de mon père. Je ne sais pas si cela lui a donné des attentes particulières envers moi, s'il a considéré que nos deux familles devaient se rapprocher… Mais il faut savoir que c'est aussi un homme très obstiné.

Quand il a une idée en tête, il se comporte comme un bulldozer avec ceux qu'il voit en travers de son chemin.

Un peu comme Damen, songea-t-elle en réprimant un sourire amusé.

— Aujourd'hui, continua-t-il, il pense que nous devrions nous marier, Clio et moi. C'est sa fille aînée, il est attaché aux traditions, or sa cadette, Cassie, célèbre ses noces ce week-end. C'est très fâcheux, car Manos est d'autant plus pressé de pousser Clio dans mes bras. Et ce n'est pas sa seule motivation. Il aimerait aussi que la fortune des Nicolaides bénéficie à sa famille.

Steph hocha lentement la tête.

— Oui mais... Pourquoi a-t-il imaginé que vous finiriez forcément ensemble, Clio et toi ? Il a dû percevoir entre vous deux une proximité particulière, sinon cela n'aurait pas de sens.

Damen finit son verre et le reposa sur la table basse.

— Parce que Clio et moi avions un arrangement informel, soupira-t-il. Nous sommes sortis très souvent ensemble. En apparaissant à mon bras, elle me rendait un fier service : elle faisait fuir les chasseuses de prime. Clio vient de monter sa société de décoration d'intérieur, et elle a besoin d'une clientèle fortunée. Alors comme nous nous sommes toujours très bien entendu, elle et moi, je l'ai invitée à m'accompagner à peu près partout où j'étais invité. L'avantage, c'est qu'avec elle je peux me détendre et rire. C'est une véritable amie.

Ces mots résonnaient étrangement en elle. De toute évidence, il ne recherchait que l'amitié. Il lui accordait la plus grande – et la seule – place dans son cœur. Et quand Damen avait des amis, il leur offrait sa loyauté la plus absolue. Elle l'avait déjà vu à l'œuvre avec Christo, et maintenant c'était Clio qui en bénéficiait.

Étrange. Elle n'avait jamais réfléchi aux problèmes relationnels d'un milliardaire. Mais de toute évidence, l'argent empoisonnait les relations de Damen avec les femmes.

— Est-ce que Clio sait qu'elle n'était qu'une petite amie de façade ? s'enquit-elle.

Visiblement sidéré par cette question, il leva les yeux au ciel pour rétorquer :

— C'est elle qui m'a supplié de l'aider ! Le jour du mariage de Christo et d'Emma. Elle ne sait plus que faire pour que son père cesse de la harceler à ce sujet. Tu es mon seul espoir pour faire renoncer Manos à sa nouvelle obsession.

Steph poussa un long soupir. Plusieurs semaines de mascarade et de mensonges… Il n'y avait que Damen Nicolaides pour compliquer davantage une situation dans le but de la régler !

— Mais tu te rends compte que tu mens à tout le monde ? objecta-t-elle. À ta mère aussi ?

— Non. Je ne mentirai pas à ma mère. Je ne veux pas qu'elle s'imagine que je vais me marier alors que j'ai la ferme intention de rester célibataire. C'est la seule à qui je dirai de quoi il retourne, entre toi et moi.

Relevant la tête vers elle, il ajouta :

— Alors ? Tu es satisfaite ?

Non sans répugnance, Steph acquiesça. Bien des questions couraient encore dans sa tête, sans réponse, mais cette scène avait assez duré. Quant à ce qu'il avait bien voulu lui dire, elle préférait y croire : après tout, il savait qu'elle pouvait interroger Clio.

— Bien, reprit-il visiblement soulagé. Et maintenant, peux-tu m'expliquer comment tu t'es mis dans la tête que j'étais un véritable escroc ? J'admets que je ne me suis pas comporté comme un parfait gentleman à Melbourne, mais de là à me considérer comme un vulgaire mafieux… Tu te montres excessivement méfiante, Stéphanie. Cela cache quelque chose.

Le retournement de l'accusation lui fit monter le rouge aux joues. Sur la défensive, elle se demanda comment il avait si bien su lire en elle. Car il avait raison : depuis Jared, elle était échaudée et elle remettait trop souvent en cause la parole des autres. À commencer par celle de Damen Nicolaides, naturellement.

— Eh bien… Disons que j'ai eu ma dose avec des gens peu scrupuleux, avoua-t-elle prudemment, avant de se lever.

Impossible d'aller plus loin. Elle n'était pas prête à lui accorder une confession complète et ne lui devait aucune confidence. De toute façon, elle était tellement accablée de honte au souvenir de sa naïveté qu'elle n'avait pas été capable de raconter sa mésaventure à qui que ce soit.

Considérant son hôte d'un œil gêné, elle conclut :

— Je suis épuisée. Je crois qu'il vaut mieux que j'aille me coucher. Bonne nuit, Damen. À demain.

— Très bien. Mais n'oublie pas que nous partons tôt, demain matin.

Comment pourrait-elle l'oublier ? C'était le fameux mariage. Elle allait devoir le suivre sur une île et livrer une interprétation parfaite en tant que sa petite amie.

8.

— Oh non… C'est une plaisanterie ? Pourquoi serions-nous venus avec ton yacht sinon pour y séjourner tant que nous serons sur l'île ?

Ils parvenaient au bout du sentier, et Stéphanie le dévisagea, les yeux brillant d'inquiétude.

Damen avait besoin de réserver son attention à d'autres priorités. D'abord Manos. Celui qu'il regardait comme son parrain s'était montré très accueillant mais les avait tout de suite couvés d'un regard suspicieux et courroucé. Ensuite sa mère : en dépit de ce qu'elle savait de son arrangement avec la jeune femme, elle avait passé toute cette journée de préparatifs au mariage à les fixer, Stéphanie et lui, une inquiétante lueur d'espoir dans les yeux. Enfin, il se faisait du mauvais sang à propos de Stéphanie elle-même, de ses capacités à tenir son rôle au cours des festivités. Depuis le face-à-face avec Clio et la conversation qui avait suivi, elle paraissait décontenancée. Or Damen avait besoin qu'elle soit en pleine possession de ses moyens.

Hélas, il ne pouvait se concentrer sur aucune de ces questions. La brise de fin d'après-midi soulevait l'élégante robe beige brodée de bleuets de sa compagne, ainsi que ses jolies boucles brunes. Jamais auparavant il n'avait éprouvé le désir si pressant de la toucher, de la serrer contre lui. Et il ne pouvait détacher son regard de ses hautes sandales bleues qui soulignaient la finesse de ses chevilles et allongeaient encore ses jambes ravissantes.

— Damen ? Tu m'écoutes ?

— Oui, oui.

Il l'écoutait, la contemplait, respirait son parfum… Se grisant de l'accent vanillé de ses effluves, qu'il aurait désormais reconnus entre mille. C'était l'odeur de Stéphanie. Sa signature. Un phénomène olfactif à l'effet ravageur sur sa libido.

Ils venaient de s'arrêter devant la maison d'amis qu'on leur avait réservée. Très en retrait de la grande demeure familiale de Clio, puisqu'elle était édifiée tout au bout de la plage, elle avait l'air parfaite.

— Je suis sûre qu'elle sera à ton goût, dit-il. Clio l'a décorée elle-même.

— Ce n'est pas le confort qui m'inquiète, répondit-elle avec vivacité. Elle a l'air très petite.

Elle l'était en effet. Ses murs d'un blanc étincelant rendaient hommage à l'architecture typique des Cyclades. Devant la porte d'un bleu pur, sous un porche minuscule, étaient disposés deux fauteuils face à la mer. Damen jeta un coup d'œil vers son yacht, amarré à quelque distance. Il ne faisait aucun doute que cette maisonnette ne leur fournirait pas le centième de l'espace dont ils jouissaient à bord de *l'Amphitrite*.

— Écoute, c'est généreux de la part de Manos de nous réserver sa maison d'amis. Je ne pouvais pas refuser.

— Bien sûr que si, tu pouvais ! protesta-t-elle. Tu diriges un empire financier, tu prends chaque jour des décisions complexes !

Il s'esclaffa.

— Merci pour le descriptif. Il ne s'agit pas d'affaires mais de ma famille. Par conséquent, les priorités ne sont pas les mêmes.

Le déjeuner de veille de noces avait été chargé d'électricité. Il se rappela l'expression fermée de Manos. La façon dont sa femme et Clio fuyaient son regard, comme si elles savaient qu'il exigerait des explications de leur part. Seule Cassie avait paru heureuse et détendue.

Alors refuser l'hospitalité du maître des lieux… Non, ce n'était pas envisageable. Damen ne voulait pas offenser celui à qui il devait tant.

Le jour où il s'était brutalement retrouvé à la tête de la flotte marchande de la famille avait été effroyable. Il avait dû traverser un deuil tout en assumant ses responsabilités envers une compagnie qu'il n'était pas prêt à diriger. Toute la famille l'avait soutenu, et Manos lui avait prodigué de précieux conseils. Ensuite… tandis que Damen diversifiait les activités de l'entreprise Nicolaides, misant sur le secteur du tourisme, investissant dans les énergies renouvelables et modernisant ses bateaux, les affaires de Manos avaient mal tourné. La crise n'avait rien arrangé, et il était clair qu'il misait aussi sur le mariage de son aînée pour remonter la pente.

Si Damen, qui avait plus de succès que lui malgré son jeune âge, lui faisait l'affront de refuser son invitation… Stéphanie pourrait protester tant qu'elle voudrait : il n'était pas question qu'ils séjournent sur le yacht. Par ailleurs, Damen suspectait que la maison d'amis était une idée de Clio : Manos n'était pas entièrement convaincu par le couple qu'il formait avec l'Australienne que personne ne connaissait…

— Je préfère retourner sur *l'Amphitrite*, plaida-t-elle.

— Désolé. Nous resterons ici, dans la maison qu'on a préparée pour nous. Allons, entre, dit-il en poussant la porte.

Il souriait, espérant qu'elle serait conquise par la magie du lieu, mais… C'était pire encore que ce qu'il s'était imaginé. Ils venaient de pénétrer dans un petit cocon romantique. Dans la pièce principale, dépourvue de toute cloison, un ravissant salon bénéficiait d'une baie vitrée avec vue plongeante sur une mer de saphir. Dans une alcôve à gauche se devinait un espace de bain plutôt voué aux plaisirs de la volupté qu'à un lavage efficace et rapide, avec sa ravissante et grande baignoire à l'ancienne, sur serres d'aigle, toute en porcelaine. Sur une estrade, à droite, trônait un lit aux proportions généreuses et au linge en harmonie avec les couleurs du thème : blanc, crème et turquoise.

Damen se mordit la lèvre et évita de croiser le regard de Stéphanie qui, épouvantée, contemplait ce petit nid ne pouvant convenir qu'à des amoureux fusionnels…

D'une main tremblante, elle ouvrit une porte et tomba sur une adorable cuisine de poupée : une kitchenette tenant comme par magie dans un placard, avec un petit réfrigérateur. Une plaque de gaz et un four minuscule y étaient encastrés, une cafetière trônait sur une étagère. La seconde porte donnait sur les toilettes, deux lavabos de faïence et un miroir au cadre en mosaïque turquoise.

— Ils ont trouvé l'espace pour deux lavabos, mais pas de quoi ajouter un mur autour de la baignoire ! gémit-elle.

Damen ne put réprimer un sourire.

— Les espaces ouverts sont très à la mode. Tous les décorateurs en vogue font sauter les cloisons.

— Et la notion d'intimité, renchérit-elle, désespérée, tout en examinant les deux fauteuils et la petite table du salon.

Naturellement, elle cherchait un autre couchage, mais… il n'y avait rien. Pas de lit d'appoint, pas de canapé convertible.

— Il n'y a même pas de clic-clac, lâcha-t-elle en le dévisageant avec effroi.

— Bah, nous ne resterons que deux nuits, lui rappela-t-il. Pas de quoi se rendre malade.

Posant les mains sur ses hanches, elle l'assassina du regard.

— Cela n'a rien d'une plaisanterie, Damen ! Si tu t'imagines ne serait-ce qu'une seconde que je vais partager un lit avec toi, tu…

— Mais non ! la coupa-t-il. Et je n'y suis pour rien, Stéphanie ! Il ne s'agit pas d'un piège ourdi pour te compromettre.

Même s'il rêvait de passer la nuit à lui faire l'amour.

— Je te propose de te détendre. Prends un bain. Nous avons tout le temps avant de nous rendre au grand dîner traditionnel de ce soir. Comme j'ai pas mal d'appels à passer, je reviendrai te chercher dans deux ou trois heures. Ça te va ?

— Bon, c'est d'accord, acquiesça-t-elle, visiblement soulagée. Merci.

L'orchestre s'interrompit et, pourtant, le cœur de Steph battait toujours au rythme de la musique grecque. La grande danse avait commencé sur un tempo mesuré, voire lent, avant de s'accélérer, encore et toujours. Elle s'était laissé emporter par la file de toutes les femmes qui suivaient, mains jointes, la mariée radieuse dans sa robe blanche. Si elle avait adoré ce moment très folklorique, elle savourait maintenant d'être assise dehors.

Le décor était sublime. Des bougies brillaient sur toutes les tables installées sur une terrasse sans fin, sous un ciel étoilé.

C'était Clio qui était venue la chercher, lui prenant la main d'autorité pour l'entraîner dans la sarabande. Grâce à elle, elle avait le sentiment de s'intégrer pleinement à cette célébration joyeuse.

Cette journée de noces avait été longue, et Steph commençait à sentir la fatigue la gagner. Sans doute parce qu'elle avait à peine fermé l'œil, la nuit précédente. Damen avait insisté pour s'installer dans un fauteuil, mais comment aurait-elle pu trouver le sommeil quand il se tenait à quelques mètres d'elle ?

Tôt dans la matinée, son réveil lui avait rappelé qu'il

était temps de se préparer pour le mariage. Éberluée, elle s'était levée : elle était seule dans la maison. À un moment donné, au milieu de la nuit, Damen était parti…

Comme ils arrivaient dans la petite chapelle du village, il lui avait raconté qu'il s'était offert une longue séance de natation au petit jour. Elle n'était pas sûre de le croire, mais elle lui avait été reconnaissante de lui accorder un peu de solitude.

Car ensuite… Toute la journée, ils étaient restés collés l'un à l'autre. Pendant la cérémonie, chaque fois qu'ils bavardaient avec des invités, la main de Damen ne quittait pas la sienne. Elle avait des crampes à force de lui sourire. Ils avaient échangé de longues œillades, il caressait les petits cheveux dans sa nuque, et elle le recoiffait d'une main attentive…

Ces petits gestes avaient eu raison de sa belle assurance. Son pouls s'emballait dès qu'il posait les yeux sur elle. Elle aimait sentir son parfum, entrelacer ses doigts dans les siens… Loin de représenter une épreuve, ces regards et ces contacts étaient devenus exquis. L'expérience lui manquait cruellement pour savoir si ce que lui inspirait Damen était du désir.

La seule fois où elle avait déjà éprouvé cela, c'était avec lui, à Melbourne.

Une sorte de chaleur diffuse dans tout son corps… L'envie de le sentir plus près, de fermer les yeux et de tout oublier dans ses bras.

Bien sûr, même si elle était vierge, Steph n'était pas idiote. Elle était consciente du bouillonnement qui avait lieu dans son corps, elle savait qu'auprès de Damen elle brûlait de connaître le plaisir charnel.

Inutile d'essayer de le nier : elle avait follement envie de lui, et peut-être aurait-elle intérêt à…

— Puis-je ?

Elle releva la tête vers un homme qui lui tendait la main.

Il avait entre vingt et trente ans, une peau très mate, des yeux clairs et brillants. Très élégant, dans son smoking blanc, il lui souriait d'un sourire franc et simple.

— Je m'appelle Vassili, enchaîna-t-il. Venez ! Allons nous amuser.

S'amuser ? Depuis combien de temps avait-elle oublié cette activité dont tout être humain avait besoin ? Steph comprit que c'était exactement ce qu'il lui fallait : un peu de détente et de joie. Elle se leva, donnant volontiers la main à Vassili qui l'entraîna près de l'orchestre pour entamer une samba.

La musique n'avait plus rien de traditionnel, et Damen fixa Stéphanie avec attention. Sa robe rose vif, très longue, virevoltait autour de ses mollets tandis qu'elle enchaînait les danses les plus exotiques avec un homme en blanc. Ce qui retenait son attention, c'était son sourire. Il ne se rappelait pas l'avoir vue sourire ainsi avec lui. Ni à Athènes, ni à Corfou, ni même à Melbourne.

La journée avait été intense. Cérémonie, discours, cocktail, repas, discours… Le mariage de sa petite cousine était une réussite. Pour l'heureux couple, pour les parents, les invités… Mais pas pour lui. Car les talents de comédienne de sa compagne n'avaient pas été à la hauteur de ses attentes, ni de celles de Manos.

Pourtant… Depuis qu'ils étaient arrivés ici, il sentait qu'elle avait envie de lui. Ses joues qui rosissaient, sa respiration trop courte, sa peau moite : le langage corporel de sa compagne la trahissait. Désormais, chaque fois qu'il la frôlait, il la sentait réagir avec force.

Oui, il en était certain. Elle n'attendait qu'un mot de sa part pour céder.

De son côté, il savait que le désir menaçait de le déborder. La nuit précédente avait été infernale. Après avoir vainement cherché le sommeil durant des heures, les yeux braqués sur le grand lit où Stéphanie était couchée, Damen avait préféré quitter son fauteuil inconfortable et s'offrir une longue promenade sur la plage, puis une séance de crawl dans la mer.

En cet instant, sur la chaise qui faisait face à la piste de danse, il résistait à l'envie d'aller arracher sa « petite amie » des bras de son cavalier. Mieux valait attendre qu'elle prenne elle-même l'initiative. Puisqu'il avait su se montrer patient depuis dix jours, il pouvait encore attendre un peu.

Après un mambo et une salsa, il vit la jeune femme fatiguée remercier son cavalier. Aussi preste qu'un jaguar, il la rejoignit alors sur la piste et, sans un mot, glissa sa main autour de sa taille. Ou bien les musiciens de l'orchestre avaient deviné ses intentions, ou bien il avait beaucoup de chance, car les notes langoureuses d'un slow s'élevèrent dans la nuit chaude.

Stéphanie lui sourit et colla sa joue contre la sienne. Elle paraissait heureuse de le retrouver. Détendue.

Quand il l'attira plus étroitement contre lui, pressant sa main sur ses hanches, elle ne se défendit pas. Au contraire, elle ralentit ses mouvements pour que leurs corps s'épousent dans une osmose parfaite. Ils ondulaient en rythme, et il sentit sa poitrine effleurer son torse. Lorsque leurs regards se rencontrèrent, il admira la finesse de ses traits. Elle était ravissante. Non parce que sa robe lui allait à ravir, ni grâce à sa coiffure ou à son maquillage sophistiqué, non… Parce que sa beauté faisait irradier sa peau d'une lumière magique.

Elle se lovait contre lui, et il sentit son parfum vanillé le défier. Le sort en était jeté, décida-t-il en plongeant son regard dans les grands yeux couleur chocolat de sa compagne. Leur seconde nuit ici ne ressemblerait en rien à la précédente.

Steph avait l'impression de flotter sur un nuage, tandis qu'ils arpentaient le sentier menant, au bout du récif, à la maisonnette. Déjà, le halo de la lune faisait resplendir la blancheur spectrale des murs de leur petit nid. Elle contempla ce minuscule édifice, fragile et charmant. Allait-elle passer une autre nuit à se demander quand il se lèverait pour la rejoindre dans le lit ? À espérer que ce moment arrive, pour se réveiller seule et déconfite, à ne savoir que faire de ses fantasmes et de sa frustration ?

Ignorant les battements frénétiques de son cœur, elle leva les yeux vers la lune qui était presque pleine.

— C'était un très beau mariage, dit-elle. Je suis heureuse pour le jeune couple et j'ai passé une excellente journée. Merci, Damen.

Elle s'apprêtait à lâcher sa main, comme ils gravissaient les marches du minuscule porche.

— Merci à toi, Stéphanie, répondit-il.

Elle frémit. Sa voix sensuelle s'insinuait au-dessous de sa peau, et mille frissons la parcouraient.

— Je ne m'attendais pas à apprécier à ce point cette journée, ajouta-t-il.

Elle hocha la tête. Même Manos, qui les avait longuement lorgnés d'un œil torve, avait fini par se montrer aimable et souriant. La dernière fois qu'elle l'avait aperçu, il riait au milieu d'un groupe d'hommes, autour d'une table, les manches de sa belle chemise retroussées, une bouteille presque vide devant lui.

Elle voulut entrer, mais Damen la retint.

— Que se passe-t-il ? s'inquiéta-t-elle. Tu as vu quelqu'un ?

Elle suivit son regard et fixa la haute demeure, au loin. Mais comme les festivités avaient lieu de l'autre côté, sur la plage, elle n'entendit pas un son et ne distingua pas une silhouette.

— Non, admit-il. Mais cela ne signifie pas qu'il n'y a personne, Stéphanie. Attire-moi contre toi.

9.

Steph s'exécuta, passant ses bras autour de son cou et savourant la petite décharge électrique qui la secouait. Il y avait une note étrange dans la voix de Damen… Et une lueur inhabituelle dans son magnifique regard vert.

Même si elle doutait qu'ils eussent un public en cet instant, elle sourit avec chaleur. Ainsi que cela lui arrivait cent fois dans une journée, en se trouvant nez à nez avec lui, à contempler son visage, elle se demanda comment il était possible qu'un seul individu soit ainsi comblé par la nature et le hasard. Il était déjà prodigieusement riche. Elle avait appris à connaître son esprit et son humour… Et il fallait qu'en plus il soit l'homme le plus séduisant qu'elle ait jamais vu. Frémissante, elle contempla les contours précis de sa mâchoire virile, son nez droit, ses arcades sourcilières marquées… Puis sa bouche.

D'une main, elle glissa les doigts en haut de sa nuque, dans ses cheveux incroyablement soyeux. Comme il la tenait par la taille, elle sentit une boule de feu se former dans son bas-ventre.

— Il n'y a personne, Damen, murmura-t-elle. Je crois que nous ferions mieux de rentrer.

Il s'approcha plus près encore, ne laissant qu'un espace d'un centimètre entre eux, et chuchota d'une voix ensorcelante :

— Tu as raison, *kopela mou.*

Mais, à sa stupeur, il la souleva dans ses bras puissants,

et elle se retrouva blottie contre lui suspendue à son cou. Il lui fit franchir le seuil de la maison ainsi, comme s'ils étaient les jeunes mariés, avant de fermer la porte sur eux.

— Tu crois vraiment que c'était nécess…

— Oui, la coupa-t-il. Indispensable.

Elle attendit, mais il restait immobile, visiblement peu impatient de la reposer.

— Damen ? Plus personne ne risque de voir quoi que ce soit, maintenant…

La baie vitrée qui formait l'un des murs du salon donnait sur les rochers et la mer. La lune baignait l'intérieur de la maison d'une lumière délicate. Steph sentait un tumulte d'émotions l'envahir.

— Tu peux me lâcher maintenant, insista-t-elle d'une voix à peine audible.

Une voix qui résonnait, à ses propres oreilles, avec une inexplicable faiblesse.

— Je n'en ai peut-être pas envie, répondit-il d'un ton rauque.

Il arrimait son regard au sien. Un regard si intense, si chargé de désir, que son cœur battait à se rompre.

— J'avais peut-être envie de te garder plus longtemps contre moi, enchaîna-t-il en la reposant à terre, comme à contrecœur.

Elle resta interdite, tâchant de ne pas vaciller sur ses jambes. Ils se tenaient si près l'un de l'autre…

— Et ce dont j'ai peut-être le plus désespérément envie, souffla-t-il, c'est de sentir ta bouche sur la mienne. Tes baisers. Tes lèvres m'ont rendu fou, à Melbourne. Je n'en rêve pas seulement depuis aujourd'hui. Il y a des semaines que je ne songe qu'à t'embrasser.

Enivrée par ces paroles, elle s'efforçait de garder la tête froide – en vain. Le regard d'émeraude l'hypnotisait, et elle voulait sentir à nouveau les mains de Damen sur elle.

— J'ai envie de toi, reprit-il. Follement. Et je sais que tu me désires aussi.

Elle secoua la tête sans conviction.

— Tu rêves, je ne…

— Non, je ne rêve pas. Parfois, jouer avec le feu produit un effet très… positif.

Le vertige qui montait en elle menaçait d'emporter ce qui lui restait de raison. Car elle avait envie qu'il l'embrasse. Dans le silence du petit salon où filtrait un rayon de lune, elle retint son souffle.

Toute sa vie, elle avait misé sur la sécurité. Elle travaillait, économisait, se montrait prévoyante. Sa terreur de finir comme sa mère l'avait éloignée des garçons du temps où toutes ses amies ne parlaient que de leurs relations amoureuses et de leur vie sexuelle débridée. Steph se disait qu'il valait mieux qu'elle attende celui qui lui ferait chavirer le cœur. Celui qui saurait l'aimer profondément.

Elle avait couru après les garanties et les assurances alors que la vie était faite d'accidents et d'incertitudes. Ainsi était-elle passée à côté des hommes, des plaisirs des rencontres et de l'amour…

Damen n'avait rien d'autre à lui offrir que ce qu'elle éprouvait de son côté : un désir surpuissant. Pourquoi refuser ? Pourquoi continuer à se priver du sel de l'existence ?

Pour une fois, elle voulait ignorer la voix de la raison.

— Il y a quelque chose que je veux, moi aussi, avoua-t-elle, tandis que son cœur battait la chamade.

Sans cesser de le fixer droit dans les yeux, elle se hissa sur la pointe des pieds et ajouta :

— J'aimerais que tu m'embrasses. Sur les lèvres.

Sans attendre sa réponse, elle passa ses bras autour de son cou. Il se pencha vers elle, et elle ferma les yeux à l'instant où sa bouche couvrit la sienne.

Une onde de plaisir intense la parcourut, et tout son

corps réagit à la pression douce et ferme de ses lèvres. Comme dans la voiture, à Melbourne, Steph sentit son sang se liquéfier, devenir comme de la lave. Son corps entier s'embrasait, et une myriade de sensations courait à la surface de sa peau, comme elle savourait le goût de miel de sa bouche, le parfum musqué de sa peau.

Dès qu'il l'attira plus étroitement contre lui, ses tétons se dardèrent sous sa robe, et elle écrasa ses seins gonflés contre son large torse. Sa chair le réclamait, l'envie qu'elle avait de lui devenait un besoin, une exigence. Elle voulait découvrir chaque détail de sa masculinité, et quand elle perçut la force de son érection pressée contre son ventre, elle laissa échapper un gémissement.

La langue de Damen s'enroulait, langoureuse, autour de la sienne, et elle voulait s'abandonner sans fin à cette étreinte. Son cœur battait si fort qu'elle l'entendait marteler à ses tempes.

Affamée de ses caresses, elle le laissa agripper ses fesses et la presser si puissamment contre lui qu'elle ne pouvait plus respirer. Les mains brûlantes et larges, masculines, erraient sur la soie de sa robe, éveillant un véritable volcan de désir en elle.

Durant de longues minutes, ils restèrent debout, dans le salon, face à la lune, à s'embrasser férocement, passionnément. Steph était en proie au trouble le plus exquis quand elle s'éloigna d'un pas, à bout de souffle.

— Attends, murmura-t-elle.

Le souffle court, les yeux embués, Damen la considéra d'un visage indéchiffrable.

— Qu'est-ce qui ne va pas ? s'enquit-il.

— Rien, mais… Ce que nous sommes en train de faire est dangereux.

Il sourit, prit sa main et la porta à sa bouche pour y déposer un baiser délicat.

— Extrême, sans doute, admit-il. Mais dangereux, je ne crois pas. Tu n'éprouves pas une impression de justesse ? D'évidence ?

C'était précisément ce qui l'avait arrêtée, comprit-elle. Le fait d'être certaine de ce qu'elle voulait. De comprendre qu'elle avait l'intention d'aller jusqu'au bout, et que… Elle devait le prévenir.

— Si, dit-elle en plongeant son regard dans le sien.

Il s'approcha encore et reprit :

— Nos baisers, Stéphanie… Quand nous sommes l'un près de l'autre, quand je te sens contre moi, je… je ne sais plus m'arrêter. J'ai envie de toi. Entièrement, sans réserve.

— Moi aussi, dit-elle très bas. Seulement… Je n'ai pas beaucoup d'expérience.

Sa bouche, encore humide de leur baiser, n'attendait que la sienne. Elle n'avait pas peur. Au contraire, elle brûlait de poursuivre ce qu'ils avaient commencé. Mais…

— Pas beaucoup ? répéta-t-il en haussant les sourcils.

Sa fierté l'empêchait de prononcer le mot virginité. Elle se contenta de le fixer, immobile. D'un air grave, il tendit la main. Elle ferma les yeux lorsque ses doigts effleurèrent sa joue. Doucement, il caressa ses cheveux et ôta les petites barrettes qui retenaient ses boucles pour les poser, une à une, sur le manteau de la cheminée, derrière eux.

— Merci de me l'avoir dit, murmura-t-il avant de l'embrasser avec un mélange de ferveur et de délicatesse qui la fit fondre.

Il caressait ses lèvres des siennes, venait chercher sa langue, aguicheur, et soudain cette languissante caresse se mua en étreinte débridée.

Comme il l'embrassait encore et encore, elle se pressa tout contre lui et sentit sa main s'insinuer sous sa robe pour remonter sur ses cuisses. C'était comme s'il précédait les appels muets de sa chair affamée. Elle avait envie de ses caresses. Son corps brûlait d'impatience, prêt à basculer dans le plaisir.

Fermement agrippée à son cou, elle couvrit son front et son visage tout entier de baisers passionnés, revenant sans cesse chercher ses lèvres. Des frissons exquis couraient sur sa peau et, au fond de son ventre, une boule de feu l'électrisait.

En silence, il lui fit lever les bras, l'invitant à ôter sa robe. Elle retint son souffle et le laissa la dévêtir. Il était à la fois bouleversant et intimidant de lire le désir dans son regard, alors qu'elle lui exposait son corps…

— Tu es si belle, Stéphanie, murmura-t-il. Si parfaite.

De toute évidence, il se délectait de la voir ainsi face à lui. Ses seins s'étaient dressés. Elle n'avait pas mis de soutien-gorge. D'elle-même, elle surmonta sa timidité et ôta sa culotte. Entièrement nue, elle soutint son regard d'un vert aussi sombre que celui de la mer.

Damen était fasciné par ses épaules délicates, son ventre ferme et plat et ses longues jambes si fines… Et il ne pouvait détacher son regard de ses petits seins haut placés, si ronds, dont les pointes roses se dardaient.

Dès qu'il posa une main sur l'un d'eux pour en dessiner le contour, elle laissa échapper un cri étouffé.

— Oh ! Damen !

Elle ferma les yeux, et il poursuivit sa lente exploration des contours de sa poitrine avant de happer leur pointe du bout des lèvres.

Steph sentait des ondes insoutenables la parcourir. Dans un réflexe, elle se cambra, abandonnant à ses lèvres chaudes et humides sa poitrine durcie. À l'instant où elle sentit sa langue agacer doucement ses tétons, elle laissa échapper un nouveau gémissement. Le plaisir dont elle faisait la découverte provoquait un véritable séisme dans sa chair.

Ces caresses lascives, audacieuses, surpassaient ses

attentes et, au milieu des vibrations de son corps, elle avait l'impression d'être tout près de perdre conscience.

Sans cesse, Damen revenait happer sa bouche, avant de recommencer à lui caresser les seins. Ivre de plaisir, elle se laissa envoûter jusqu'à ce qu'elle éprouve le besoin urgent de le voir nu.

— Je voudrais te déshabiller, avoua-t-elle en relevant vers lui un regard intimidé.

Sans répondre, il sourit, lui prit la main et la posa sur sa chemise. Steph retint son souffle en déboutonnant le vêtement et en le laissant tomber sur le sol. De ses mains fiévreuses, elle défit la boucle de sa ceinture, le zip de son pantalon. Enfin, elle demeura muette devant la beauté sculpturale de ce corps masculin.

Les pectoraux de Damen étaient admirablement dessinés, à peine voilés d'une fine toison noire qui courait entre ses abdominaux d'athlète. Il avait des épaules rondes et bronzées, des bras puissants, un ventre musclé… Dès qu'il eut ôté son boxer, elle hasarda un regard sur son membre dressé pour elle.

Comme s'il avait deviné sa curiosité, il lui prit la main et l'invita à s'allonger près de lui, sur le lit. Hypnotisée par ce sexe d'homme, par la puissance de son érection, Steph posa les doigts tout en haut, sur la zone la plus sensible. Tandis qu'il lâchait un râle de satisfaction, elle s'étonna de la douceur de sa peau et arpenta son membre de haut en bas, d'un geste languide.

— Tu vas trop vite… Viens ici, souffla-t-il.

Il la fit basculer sur le côté et la couva d'un regard de braise. Puis, ouvrant doucement ses cuisses, il se mit à en caresser la peau fine, traçant des cercles brûlants, tout en remontant vers son sexe, trempé de désir. Les ondes qui pulsaient dans ses artères étaient d'une telle violence qu'elle ne parvenait pas à maîtriser sa respiration. Leurs haleines se mêlèrent dans un baiser plus brûlant que tous ceux qui avaient précédé, et un tourbillon de plaisir l'emporta, quand elle sentit son index se poser sur son clitoris en feu. Sa tête bascula en arrière, et elle poussa un cri.

— Oh ! oui ! Damen… Oui, encore.

— Comme ça ? susurra-t-il en s'aventurant plus loin.

Une vague de plaisir l'emportait, et elle se laissait chavirer.

— Oh oui… Encore, encore !

Son corps s'éveillait à des sensations inconnues, à la fois exquises et terrifiantes, d'une intensité insoupçonnable. Ignorant ses gémissements, il explorait patiemment les secrets de son intimité. En elle, la tension montait par vagues de plus en plus impérieuses.

Il bascula sur elle, et elle lâcha un autre cri quand la bouche, puis la langue de Damen se posèrent sur son sexe. Les sensations qui la débordaient se firent si puissantes qu'elle comprit. Elle était en train de vivre son premier orgasme, et elle se cambra, savourant l'extase qui tendait son corps.

Comme son cœur battait frénétiquement dans sa poitrine, elle releva la tête, distraitement. Au travers de sa vision embuée, elle devina que Damen attrapait un préservatif dans son portefeuille, posé sur la table de chevet.

Fascinée, elle posa ses mains sur les siennes pendant qu'il enveloppait son sexe de la mince peau de latex. Ils échangèrent un regard lourd de sens. Il voulait savoir si elle était sûre d'elle.

— Oui, dit-elle. Je te veux. Viens.

Il sourit et bascula sur elle pour la pénétrer d'un coup de reins souple, méticuleux, comme s'il redoutait de la blesser. Steph ne sentit rien d'autre qu'une brûlure exquise et s'accrocha à son cou, l'embrassant avec fougue, l'invitant à la pénétrer davantage.

Plongeant un regard inquiet dans le sien, il l'embrassa avec volupté avant de chuchoter :

— Tu es sûre ? Je ne te fais pas mal ?

Pour toute réponse, elle lui rendit son baiser avec une voracité décuplée. Et, lentement, elle le sentit bouger en elle.

Le rythme de ses mouvements était si lascif – comme s'il craignait encore de lui faire mal – qu'elle resserra ses cuisses autour de lui pour l'inviter à la prendre complètement, à s'enfoncer en elle.

Leurs soupirs se mêlèrent, tandis qu'ils roulaient, l'un dans l'autre, sur le matelas. Soudés, ils ondulèrent dans un paresseux va-et-vient, dont les accélérations lui coupèrent bientôt le souffle. Damen imprima bientôt à ses élans un rythme tribal. Steph éprouvait des sensations tellement neuves, tellement fortes, qu'elle ne pouvait détacher son regard du sien. Elle était sûre qu'ils ressentaient la même chose – à l'unisson.

Enfin, quand elle fut haletante et trempée de sueur, stupéfaite par la fulgurance d'ondes nouvelles, elle enfonça ses ongles dans ses épaules. Sa chair était en train de se dissoudre en millions d'atomes de plaisir pur. Au plus profond d'elle-même, une vague de plaisir l'inonda tel un tsunami, et…

— Damen !

En même temps, ils atteignirent la jouissance ; ils retombèrent l'un près de l'autre, à bout de souffle. Le cœur de Steph battait dangereusement fort, il était proche de l'implosion.

Haletante, elle l'écouta décroître peu à peu, recouvrer un rythme mois affolé. Sa tête roula au creux de l'épaule de Damen.

Damen la regardait dormir. Il était très tard – ou très tôt – quand, achevés par leur quatrième round, ils avaient pratiquement perdu conscience et sombré dans un sommeil profond. Puis, mû par une force inconnue, il avait ouvert les yeux et ne parvenait plus à se rendormir.

Elle était lovée contre lui. Dans ses bras. Or il n'avait

pas pour habitude de laisser une femme s'abandonner à des postures affectueuses après le sexe. En fait, d'habitude, il ne passait jamais la nuit entière auprès d'une maîtresse.

Plus depuis Ingrid.

Le souvenir de la femme qui l'avait tant blessé s'effaça brusquement, comme il baissait les yeux sur Stéphanie. Vierge. Cette femme était vierge et venait de s'offrir à lui… De façon absolue, dans un abandon bouleversant. Il l'avait désirée longtemps, très longtemps, et désormais… Il sentit une douleur lui étreindre la poitrine. Leur arrangement, toute cette mascarade, l'argent qu'il lui versait n'avaient pas pesé dans la décision de Stéphanie. Car elle lui avait offert, à lui et à personne d'autre, son innocence.

Encore maintenant, il était stupéfait qu'elle lui ait accordé un tel privilège. Stupéfait par les sensations qu'il avait éprouvées au fil de plusieurs corps-à-corps, plus enfiévrés, plus audacieux à mesure que la nuit avançait, à mesure que leurs corps se reconnaissaient.

Il avait l'étrange impression, inexplicable, d'avoir partagé avec elle une intimité à un degré supérieur. Quelque chose de plus que ce qu'il expérimentait d'habitude. Quelque chose de neuf…

Écartant vivement cette pensée de son esprit, il se défit de l'étreinte de la jeune femme et se leva avec précaution. Puis, il posa délicatement un oreiller sous sa nuque, remonta le drap sur elle et ramassa ses vêtements en circulant à pas de loup dans la pièce.

Car il avait l'intuition que, dès son réveil, Stéphanie le bombarderait de questions. Des questions auxquelles il ne tenait pas du tout à répondre pour le moment.

Ils avaient une mission à accomplir, un contrat à honorer : rien n'allait changer… sauf ça, songea-t-il, incapable de réprimer un sourire satisfait.

Ils pourraient désormais partager leurs nuits. Ne mimer la

passion au cours de la journée que pour la vivre pleinement dans leurs ébats, une fois dans l'intimité de leur chambre. Stéphanie ne l'avait pas déçu : oui, elle était bien la tigresse qu'il avait devinée… Sensuelle, généreuse, affamée.

Il avait hâte de la retrouver.

Il se tourna vers la baie vitrée. Le soleil s'était levé. La journée s'annonçait radieuse.

10.

Steph quitta un instant des yeux l'écran de l'ordinateur portable, comme Clio venait encore lui présenter un plat de douceurs locales. Cette fois, c'était un baklava gorgé de sirop.

Elle rit.

— Non merci… Vraiment, je ne peux plus rien avaler !

— Absurde, répliqua la jeune femme. Tu travailles dur pour nous aider, et tu n'aurais jamais dû faire ça : tu es notre invitée.

— Ça me fait plaisir ! C'est agréable de participer.

En arrivant dans la grande demeure, elle avait trouvé Clio, sa mère et celle de Damen en train de ranger toutes les victuailles qui restaient, pendant que traiteurs et personnel d'entretien débarrassaient les vestiges des festivités dans les autres pièces.

Tomber sur le sourire chaleureux de Clio avait été un soulagement, et Steph avait accepté l'invitation des trois femmes à partager leur petit déjeuner dans la cuisine.

Un vif soulagement, oui… Car à son réveil, elle s'était retrouvée seule. Un pénible sentiment d'abandon l'avait submergée, avant qu'elle ne se raisonne. Sans doute était-il normal qu'elle déborde d'émotion. Oh ! elle ne s'attendait ni à trouver Damen couché près d'elle, ni à ce qu'il revienne dans la petite maison blanche un sac de croissants à la main pour un tête-à-tête romantique.

Son corps était perclus de crampes en des zones dont elle

ignorait jusque-là l'existence… Des muscles qui n'avaient probablement jamais travaillé ! La douleur n'était pas assez vive pour qu'elle souffre, juste assez persistante pour qu'elle se rappelle à chaque instant la nuit hors du commun qu'elle venait de vivre.

Hors du commun pour elle. Pas pour Damen, se répéta-t-elle. Aussi ne s'étonnait-elle pas de son absence.

Si seulement elle avait eu plus d'expérience… Elle avait cru, en toute sincérité, qu'elle saurait céder à une impulsion strictement physique. Et que, le lendemain, délivrée de ce besoin, elle passerait à autre chose. Elle avait confondu son désir de Damen avec une envie de dessert. Car le sexe n'était pas si simple, elle s'en rendait compte.

— Oh ! s'il te plaît… Goûte, au moins, insista Clio. C'est une vieille recette de famille que maman a faite exprès pour nous.

Steph rit encore et prit une cuillerée de la merveilleuse pâtisserie aux noix.

— C'est divin, confirma-t-elle.

Depuis l'autre côté de la cuisine, aussi vaste qu'un hall de gare, la mère de Clio cria :

— Je suis contente que ça vous plaise ! C'est bien le moins que je puisse faire pour vous qui me rendez un service immense !

Steph hocha la tête en revenant à l'écran du portable de Clio, et la mère de cette dernière s'approcha en poursuivant :

— Si je pouvais m'échapper un petit moment, et persuader Manos de m'accompagner… Vous ne pouvez pas imaginer quel soulagement ce serait.

Elle se retourna vers cette femme d'âge mûr dont le visage accusait des rides d'inquiétude. Puis elle se rappela le regard de Manos, la veille, qui suivait avec une vigilance d'aigle les allées et venues de chacun… Damen lui avait bien dit que cet homme-là était capable de mener une vie infernale à sa famille s'il n'obtenait pas ce qu'il voulait. En effet, il avait tout du tyran domestique. Clio, toujours si belle et pimpante, semblait, elle aussi, épuisée.

Sans doute pour la première fois, Steph se sentit heureuse de faire partie du scénario imaginé par Damen. Elle comprenait son désir ardent de voir les femmes de sa famille délivrées de l'obsession du *pater familias*.

Et elle avait envie de faire mieux que d'interpréter son rôle de petite amie.

— Je crois que j'ai l'endroit parfait pour les vacances que vous cherchez, dit-elle. C'est en Italie, il y a peu de touristes, c'est magnifique et très paisible. J'avais déniché cette adresse pour des clients, il y a quelque temps, et ils ont été enchantés de leur séjour.

Elle tourna l'écran vers les femmes, qui s'approchèrent pour former un demi-cercle derrière elle.

— C'est un couvent ? s'étonna Clio.

— Oui. Mais l'un des bâtiments a été reconverti en résidence de tourisme luxueuse. L'édifice que vous voyez là est privé : les visiteurs ne sont pas admis dans l'enceinte. Il n'y a que les sœurs et leurs invités. Il y a une vue sur le lac et la montagne, et tous les murs de la maison sont couverts de roses.

Elle cliqua sur plusieurs photos qui firent pousser des « Oh ! » admiratifs à ses compagnes.

— Vous pouvez vous rendre en ville à pied, enchaîna-t-elle. Il y a des restaurants réputés et un grand marché de primeurs, si vous préférez concocter vous-même vos petits plats.

Elle avait remarqué que même si Manos était un homme riche, la liste de ses employés de maison ne comprenait pas de cuisinière, et il aimait vanter à tous les talents culinaires de sa femme. C'était sa fierté.

Clio hocha la tête d'un air appréciateur.

— Le confort de la maison sans aucun stress… Bravo, Steph.

Sa mère approuva.

— Oui, ça a l'air extraordinaire. Comment avez-vous fait pour dénicher ce coin de paradis ?

— C'est mon métier, expliqua-t-elle en souriant. J'étais conseillère en agence de voyages. Et je m'étais spécialisée dans les séjours sur mesure en milieu de gamme.

— Comment cela, tu étais spécialisée ? demanda Clio en fronçant les sourcils. Tu ne le fais plus ? Que s'est-il passé ?

— Oh ! c'est une longue histoire. Et ce n'est pas un secteur facile. La plupart des gens pensent qu'ils sont capables de surfer sur Internet et de composer eux-mêmes leur voyage à la carte.

— Et si tu oubliais le milieu de gamme et que tu visais le luxe ? suggéra Clio.

Steph ne put s'empêcher de sourire. Clio voyait juste, en ce qui concernait le secteur des voyages de luxe. Comme elle attendait sa réponse, Steph décida d'oublier ses scrupules. Après tout, pourquoi faire un secret de cette histoire ?

— Eh bien… En fait, je me suis fait avoir. J'ai voulu me lancer, et le montage de la société a très mal tourné.

— Oh non… Pourquoi ? Un problème de business plan ?

Sachant que Clio venait elle-même de monter sa propre entreprise, Steph ne voulut pas lui donner de fausses angoisses.

— Non, le business plan était parfait. Contrairement à mon partenaire.

Au moment où elle prononçait ces paroles, Manos et Damen entrèrent dans la cuisine. Ils parlaient en grec, et le père de Clio gesticulait avec emphase.

Un frisson courut dans la nuque de Steph quand elle croisa le regard émeraude de Damen. La dernière fois qu'ils s'étaient vus, ils étaient nus dans un lit. Et elle ne put empêcher ses joues de s'embraser, à ce souvenir. Elle déglutit lentement et se demanda si tout le monde s'en était rendu compte… Bon sang, croyait-elle être le centre du monde ? Bien sûr que non. Personne n'avait rien vu.

— Bonjour Damen, lança-t-elle avec autant de naturel que possible. Tu prends un café avec nous ?

Damen avait l'impression que sa patience était mise à rude épreuve, ce matin. Il voulait à tout prix se trouver seul avec Stéphanie, car il avait certaines choses à lui dire. Des choses de la première importance. Il fallait qu'il s'assure qu'elle était sur la même longueur d'onde que lui, que rien n'avait changé dans son esprit, et qu'elle irait au bout de leur contrat.

Or il comprenait que son impatience à lui tenir ce discours était sans objet. La façon décontractée dont elle le saluait en lui proposant un café en disait long sur sa désinvolture.

Il aurait dû s'en réjouir ; il était profondément irrité.

Et puis, même si cette conversation entre quatre yeux ne servait à rien, il y tenait. Pourtant, après une longue marche matinale, Clio et sa mère l'avaient retenu en lui offrant café et pâtisseries. Puis ç'avait été le tour de Manos qui voulait discuter affaires et placements. Et maintenant, sa mère semblait tellement hypnotisée par Stéphanie que l'entretien à tenir d'urgence aurait lieu avec elle… Bon sang, qu'est-ce que sa mère pouvait déduire du fait que Stéphanie était rose de confusion, et que ses yeux brillaient de l'éclat particulier d'une nuit de plaisir ? Devinait-elle la nature de son trouble ?

Faisant bonne figure, il reprit sa place dans la cuisine au milieu de sa famille. Naturellement, le café mena au déjeuner et à un autre café… Et l'après-midi était déjà avancée quand Stéphanie et lui purent faire leurs adieux et regagner le yacht. Agacé d'avoir gâché tout ce temps, Damen perdait patience. Dans l'état de nerfs où il était, il aurait dû se réjouir que sa compagne ne pose pas sa main sur son bras en traversant la plage, qu'elle ne se penche pas à son oreille pour lui murmurer des mots tendres en s'installant à bord, et qu'elle lui épargne tout bavardage, tout commentaire sur n'importe quel sujet, pour se terrer dans le silence.

Ce fut tout le contraire. Damen était exaspéré que Stéphanie ait oublié son rôle, et qu'elle le traite avec une suprême indifférence. Dès qu'ils furent partis, il eut confirmation de son changement d'attitude envers lui. Car le pire était qu'elle n'avait pas l'air de mauvaise humeur. Elle s'intéressait à tout : la couleur de l'eau, la vue sur l'île, le flash argenté d'un banc de poissons… À tout, oui. Sauf à lui. Et pour la première fois depuis qu'ils avaient quitté Corfou, elle consultait frénétiquement son téléphone mobile, comme si elle avait une affaire urgente à régler.

Ce qui lui rappela les mots qu'il avait surpris en pénétrant dans la cuisine au matin… Son partenaire. Qu'avait-elle dit de lui, déjà ? Il n'en était plus très sûr, car Manos gesticulait en tous sens et lui criait dans les oreilles, mais Damen était presque sûr qu'il s'agissait d'un commentaire négatif.

Qui était ce partenaire ? Pas son amant, puisqu'il avait été le premier. Ce qui, étrangement, l'emplissait d'une sorte de fierté et d'élan possessif. Et curieux : il avait besoin d'en savoir davantage à ce sujet.

Aussi prit-il la jeune femme par le bras dès qu'il la trouva sur le pont supérieur, afin de l'entraîner dans l'un des petits salons où l'intimité et le calme seraient idéaux. À son étonnement, elle n'émit aucune protestation et ne posa pas de question. En revanche, elle le considéra avec perplexité. Il ferma la porte derrière lui, et elle arrondit encore les yeux.

— Tu te sens bien ? demanda-t-elle.

Irrité, il lui retourna la question :

— Et toi ? Tu te sens bien ?

— Euh… Oui. Pourquoi ? Je n'en ai pas l'air ?

Il la dévisagea avec une attention soutenue. Elle était sublime. Son maillot de bain révélait son corps svelte et bronzé, elle avait relevé ses grandes lunettes de soleil, calées sur sa tête, et sans maquillage elle irradiait d'une beauté pure.

— Si, si, répondit-il. Tu as l'air tout à fait normal.

Elle releva le menton. Essayait-elle de le défier ? Ou bien sa réponse n'était-elle pas satisfaisante ?

— Mais il faut que nous parlions, reprit-il.

Il s'était attendu à ce qu'elle manifeste de l'anxiété, et il en fut pour ses frais. Elle demeura imperturbable, attendant la suite. La culpabilité le gagna, lorsqu'il se rappela qu'elle avait très peu d'expérience. Contrairement à la majorité des femmes qu'il côtoyait, elle ignorait la malédiction associée à la fameuse formule « Il faut que nous parlions ».

— Oui, dit-elle d'un ton naïf. Je t'écoute.

Le vide se fit dans son esprit. Il ne savait plus par où commencer. Par ce qu'il avait éprouvé la nuit précédente ? Devait-il lui avouer qu'il était extrêmement troublé par leurs étreintes ? Ou se montrer direct et lui annoncer qu'il n'était pas question de remettre leur contrat en question ? Il ouvrit la bouche et, sans en croire ses oreilles, s'entendit demander :

— J'ignorais que tu avais un partenaire. Qui est-ce ?

— Je… Pardon ?

Cette fois, elle le défiait. Elle fronçait les sourcils et croisait les bras sur sa poitrine, en un geste de protection. Ce qui signifiait que cet homme comptait pour elle. Damen l'avait deviné.

— Ce matin, dans la cuisine, tu as dit quelque chose à propos de ton partenaire. Je veux que tu me parles de lui.

— Pourquoi ? protesta-t-elle en reculant d'un pas prudent, telle une biche traquée par un chasseur. Il n'a rien à voir avec tout cela.

D'un geste évasif, elle désigna le yacht, la mer, les Cyclades.

— Je ne veux pas d'angles morts qui peuvent se révéler

meurtriers, répliqua-t-il. Il nous reste six semaines à passer ensemble : je tiens à m'éviter de mauvaises surprises.

Steph se mordit la lèvre. « Des mauvaises surprises », c'était la meilleure façon de définir Jared en trois mots. Non seulement il avait dévasté son existence, ruinant sa carrière et la mettant sur la paille mais, même maintenant, elle ne parvenait pas à se débarrasser de lui.

Elle plongea son regard dans celui d'un Damen raide comme la justice, bien décidée à tout savoir sur cet escroc, sans qu'elle s'explique la raison de cette soudaine curiosité… et de cette soudaine animosité. Les accents érotiques de sa voix, ses mains caressantes, ses gestes tendres et son regard de velours émeraude… Tout cela était oublié.

Non sans difficulté, elle déglutit en espérant faire disparaître le goût d'amertume au fond de sa gorge. Qu'espérait-elle ? Qu'il la couvre d'affection ? Non, bien sûr, mais… Elle aurait voulu qu'il l'entraîne dans sa cabine. Qu'ils fassent encore l'amour. Qu'ils ressuscitent la connexion magique de la nuit passée. Car elle était certaine qu'il s'était produit quelque chose de particulier, que ce qu'ils avaient partagé était spécial. Comme si, dès la première étreinte, ils avaient eu besoin d'en vivre une deuxième. Puis une troisième. Leurs peaux s'aimantaient, leurs corps s'épousaient à la perfection.

Elle avait jalousement conservé sa virginité, et au lieu de ressentir de l'appréhension, de la maladresse, et même de la douleur… Avec confiance, elle avait glissé dans ses bras pour n'y connaître que le plaisir. Cette première nuit à découvrir les mystères du sexe surpassait son imagination.

— Tu n'as aucune inquiétude à avoir, asséna-t-elle. Il ne fait plus partie de ma vie. Je ne le reverrai jamais.

Une expression de soulagement passa sur les traits de Damen, vite remplacée par la circonspection.

— Quand bien même, maintint-il. J'ai besoin de savoir de quoi il retourne.

Il observa un bref silence avant de reprendre :

— Je te promets de conserver ce que tu me diras sous le sceau du secret. J'ai juste besoin de savoir si ce volet de ton passé ne risque pas de télescoper notre arrangement, d'une façon ou d'une autre.

En d'autres termes, sa parole ne lui suffisait pas, pensa-t-elle, agacée.

— Qu'est-ce que tu veux savoir ?

Il lui fit signe de s'asseoir sur le canapé et, de mauvaise grâce, elle s'y installa pendant qu'il prenait un siège face à elle.

— Tout, dit-il. Qui il est, ce qu'il représente pour toi, et ce qu'il a fait.

Steph fut sur le point de bondir et de l'envoyer promener, mais elle songea aussitôt que, jusqu'ici, sa méthode ne lui avait guère réussi : en posant une cloche sur cette désastreuse affaire, en la transformant en secret honteux, s'était-elle libérée de ses tourments ? Non. Au contraire, elle se rendait coupable alors qu'elle n'avait rien fait de mal. L'argent versé par Damen avait réparé le dégât financier. Pas les dommages psychologiques. Il lui faudrait encore beaucoup de temps pour retrouver confiance en elle, et pour cesser d'avoir le réflexe de se protéger des autres.

Lâchant un profond soupir, elle se leva et alla contempler la vue depuis l'immense hublot du salon. L'île où elle venait de découvrir l'amour charnel n'était plus qu'un point sur la ligne d'horizon. À toute allure, en souplesse, le yacht filait sur la mer.

— Il s'appelle Jared, et c'était mon patron, expliqua-t-elle. Il dirigeait une agence de voyages à Melbourne. Enfin, il en était le gérant : pas le propriétaire.

— Et… C'était seulement ton patron ? demanda-t-il d'un ton lourd de sous-entendus.

Steph admirait le vol des mouettes et les reflets aveuglants du soleil sur les vagues.

— Je le considérais comme un mentor, admit-elle. Il m'a appris le métier. Ensuite, nous sommes devenus des associés.

— Ah ? Vous avez monté une affaire ensemble ?

Elle lui décocha un coup d'œil assassin. La croyait-il incapable de diriger une société ? Mettait-il en doute ses capacités professionnelles ?

— Je suis une excellente voyagiste, rétorqua-t-elle sèchement. Au sein de l'équipe d'agents, j'étais celle qui signait le plus de contrats. Les voyages, c'est ma passion…

Elle reprit son souffle pour nuancer cette proclamation.

— Les voyages des autres, en tout cas. Moi-même, je n'ai pas beaucoup arpenté le globe.

— Tu es une voyagiste qui ne voyage pas ? railla-t-il. J'aurais cru que c'était une condition *sine qua non* pour exercer ce métier et préparer des vacances de rêve à tes clients.

Ignorant son sarcasme, elle haussa les épaules.

— J'ai voyagé en Australie. Quant à aller voir ailleurs, je n'avais pas le temps : le travail m'accaparait.

Elle n'avait aucun désir de lui faire savoir qu'en plus, naturellement, elle n'en avait pas les moyens. Un milliardaire ne comprendrait jamais cela.

— Je garde le rêve d'explorer le monde, conclut-elle. J'ai failli me rendre en Amérique du Sud, mais Mamy est tombée malade et…

Elle s'interrompit. Pas question d'évoquer le cancer de sa grand-mère.

— Alors vous vous êtes associés, reprit-il. Vous avez repris une agence ? Vous en avez monté une à vous ?

— Oui, nous avons créé la nôtre, acquiesça-t-elle. Spécialisée dans le montage de séjours sur mesure. Quelque chose d'assez chic, mais pas dans la gamme du luxe.

Une lame s'enfonçait dans son cœur à la pensée qu'elle ne pratiquerait peut-être plus jamais son métier.

— Nous avons signé un accord, rassemblé les fonds, engagé un prêt et…

Elle lâcha un long soupir avant de poursuivre :

— Au lieu de déposer le capital à la banque proche de notre nouvelle agence, comme convenu, il a disparu avec.

Damen la dévisageait sans comprendre.

— Comment cela, il a disparu ? Il a eu un accident ?

— Non. Il s'est enfui avec l'argent. L'argent que j'avais emprunté, l'argent que je…

Elle secoua la tête, découragée. À quoi bon lui raconter tout cela ? En même temps, maintenant qu'elle avait commencé ce consternant récit… Autant en finir.

— Je l'avais présenté à ma grand-mère, avoua-t-elle, sans me douter un instant qu'il allait la persuader, dans mon dos, d'investir jusqu'à son dernier sou dans l'entreprise. Elle lui a confié toutes ses économies. Et, moi, j'avais contracté un emprunt très lourd. La police a ouvert une enquête, mais… Cela n'a jamais rien donné.

Le silence tomba. Enfin, Damen le rompit. Sa voix avait changé. Elle était plus douce.

— C'est la raison pour laquelle tu as demandé un versement immédiat, dit-il.

— Oui. Pourquoi ? Cela te pose un problème ? s'étonna-t-elle.

— Bien sûr que non. Mais tu aurais dû me le dire.

— Pour quoi faire ? s'enquit-elle, sur la défensive. Pour que tu me sermonnes ? Que tu me donnes un cours sur le calcul des risques financiers ? J'ai tout fait selon les règles, en suivant les procédures. Comment pouvais-je me douter que Jared s'enfuirait avec les fonds ?

Levant la main pour l'empêcher de répondre, elle enchaîna :

— Inutile de me servir tes beaux discours, de me dire

que j'aurais dû fouiner dans son parcours et son passé, parce que cela ne m'aurait pas empêchée de me faire rouler. Son casier judiciaire était vierge.

La colère bouillait en elle, et elle tenta de voir par le hublot la direction qu'ils prenaient. Retournaient-ils à Athènes ? Pour qu'elle passe toutes ses journées seule et que Damen la montre tel un animal de cirque dans ses cercles mondains, le soir venu ?

Tremblante, elle passa ses mains sur ses avant-bras.

— Tu as autre chose à me demander ? lâcha-t-elle, excédée. Sinon, j'aimerais bien retourner dans ma cabine, me changer et me reposer. Ces deux derniers jours ont été… épuisants.

Elle lui tourna le dos mais sentit qu'il s'approchait. Un frisson électrique la parcourut aussitôt, et elle maudit le charisme infernal de Damen.

Il posa une main sur son épaule, et la boule de feu se reforma dans son ventre. L'incendie se déclenchait une nouvelle fois.

— Stéphanie, je…

— Non !

Faisant volte-face, elle le considéra d'un œil suppliant.

Il avait le pouvoir de l'amener à céder. Il suffisait qu'il l'attire à lui, qu'elle sente son parfum, qu'elle perçoive la chaleur de sa peau… Et elle ne se dominerait plus. Tout le problème était là. En cet instant, elle aurait voulu qu'il lui offre plutôt… un peu de tendresse.

Ce dont il était incapable.

— Pas maintenant, conclut-elle avec tristesse. J'ai besoin de faire une sieste.

Tournant les talons, elle se dirigea droit vers la porte. Elle en avait assez des hommes, de tous les hommes, et Damen Nicolaides était juché au sommet de la liste.

Vivement un peu de solitude.

11.

Damen frappait dans le sac de boxe. Gauche, droite, gauche. Il y avait un bon quart d'heure qu'il se défoulait physiquement sans parvenir à se débarrasser de sa tension nerveuse.

Décidément, ce soir, il n'y parviendrait pas, comprit-il. Il était dans la salle de gym depuis la fin de l'après-midi, et malgré le tapis de course, les appareils de musculation et, maintenant, la boxe, il se sentait comme une boule de nerfs chargée d'électricité.

Il aurait dû se fier à son instinct. Pourquoi n'avait-il pas écouté la petite voix qui lui soufflait non de courir le plus loin possible, mais de rester dans le lit dans la petite maison blanche, ce matin, et de serrer la jeune femme dans ses bras ?

La tactique de l'homme lointain et blasé se révélait désastreuse. Désormais, Stéphanie ne pouvait plus le voir en peinture. Il avait manqué le coche, raté sa seule et unique chance de prolonger leur intimité. Et le pire était de savoir qu'elle était malheureuse. Elle souffrait, en grande partie parce qu'il l'avait laissée tomber.

Allant s'asseoir sur le banc, il prit une longue inspiration, puis deux, puis trois. Se concentrer sur les faits et rien que les faits : telle était la bonne méthode.

Fait numéro un. La nuit précédente avait été phénoménale. Au lieu de remercier Stéphanie, de tenir compte de sa vulnérabilité après une première fois dans les bras d'un homme, il s'était comporté comme un malotru en la laissant seule.

Fait numéro deux. Elle avait rempli haut la main sa part du marché. Damen ignorait si c'était leur danse de minuit ou leur proximité durant toute la cérémonie, mais au cours de la matinée, en discutant affaires avec Manos, il avait compris que la comédie avait porté un coup sinon fatal, du moins sévère à ses illusions. Or Stéphanie avait poussé le zèle jusqu'à se rapprocher des femmes de sa famille, clou supplémentaire dans le cercueil des espoirs de Manos. Il y avait longtemps qu'il n'avait pas vu la mère de Clio si heureuse, et le voyage des époux en Italie contribuerait à soulager Clio.

Fait numéro trois. Stéphanie n'était ni une chasseuse de primes jetant de préférence son dévolu sur un milliardaire grec, ni un affreux rapace déterminé à faire chauffer la carte bancaire de Damen dans les boutiques de luxe. C'était une femme passionnée par son travail, trahie par un escroc, qui se servait de cette mission pour éponger les dettes que lui laissait un autre.

Damen avait honte en se rappelant sa colère, quand elle avait refusé d'acheter des vêtements à Athènes. À force de fréquenter des femmes légères et sans consistance, il ne lui avait pas accordé le bénéfice du doute.

Sur ce point, au moins, il pouvait rectifier le tir. Il allait faire verser le second million de dollars sur le compte de Stéphanie dès leur arrivée à la capitale, puis s'assurer, le plus discrètement possible, que cette somme couvrait bien tout ce qu'elle devait. Si ce n'était pas le cas, il ajouterait ce qu'il faudrait. Car même s'il n'était en rien responsable de cette histoire, il se sentait en dette vis-à-vis d'elle.

Et pour le reste ? Il devait bien être possible qu'il se rattrape ?

Il attrapa un drap de bain et se dirigea vers la grande

cabine de douche de la salle de sport. Un sourire lui monta aux lèvres en même temps que sa nouvelle idée germait… Et dès qu'il fut lavé, rasé et habillé, il alluma son smartphone.

Steph s'éveilla seule le matin suivant. Ignorant le poids qui oppressait sa poitrine, elle se concentra sur la vue privilégiée dont elle bénéficiait depuis sa suite : les eaux d'un bleu de lapis-lazuli de la mer Égée et, à quelque distance, une incroyable ville aux murs d'un blanc aveuglant, adossée à un récif. Impossible de se méprendre… C'était Santorin !

Son cœur se mit à battre d'excitation. Le joyau des Cyclades, qu'elle avait toujours rêvé de visiter, se dressait devant elle dans toute sa majesté ! Combien de lunes de miel y avait-elle organisées pour ses clients, dans les fabuleux hôtels aux immenses terrasses dominant la mer ? Combien de fois avait-elle rêvassé devant les reproductions des fresques trouvées sur l'île, témoignage d'une ancienne civilisation détruite par une éruption volcanique ? Certains croyaient qu'il s'agissait de la mythique Atlantide.

Elle se mit à sauter de joie dans sa chambre, passa une robe en toute hâte et se rua hors de sa suite, manquant heurter Damen de plein fouet.

— Tu as l'air en forme, déclara-t-il en souriant. Tu as bien dormi ?

— Très bien, merci, répondit-elle en s'étonnant de cette politesse inhabituelle.

Il hocha la tête sans répondre, visiblement préoccupé. Soudain, il plongea son intense regard chocolat dans le sien et reprit ;

— Je te dois des excuses pour hier.

Médusée, Steph ne sut que répondre.

— J'aurais dû rester avec toi le matin. Attendre que tu te réveilles pour que nous parlions de la nuit qui a été…

Il reprit son souffle pour lâcher :

— Sublime. Grâce à toi. Et je te dois aussi des remerciements pour cela, Stéphanie.

Quel revirement de sa part… Elle en avait le tournis.

— C'est gentil, dit-elle. Mais tu n'as pas besoin de me remercier. Tu ne me dois rien.

Elle allait poursuivre son chemin jusqu'à la salle à manger, en espérant partager son petit déjeuner avec les membres d'équipage dont elle s'était fait des amis, mais il lui jeta un regard implorant.

— Non, attends, s'il te plaît. Je sais que je suis maladroit, mais j'essaie tant bien que mal de te demander pardon.

Il prit ses mains dans les siennes, les serra fort et enchaîna :

— Ce que nous avons partagé était spécial. Très spécial. Je ne me sentais pas dans mon état normal, hier, et je me suis mal conduit. J'aurais dû te demander comment tu te sentais, m'assurer que tu allais bien et…

— Évidemment, je me sens bien, le coupa-t-elle.

Insinuait-il qu'elle aurait dû être traumatisée parce qu'elle avait perdu sa virginité ? Elle ne supportait pas l'idée qu'il la regarde comme une sorte de petite poupée victorienne en porcelaine fragile, posée en équilibre sur une étagère.

— On a couché ensemble, voilà tout, ajouta-t-elle en tâchant elle-même de se convaincre que leurs corps-à-corps enfiévrés se limitaient à cela.

— Quoi qu'il en soit… Je te prie de m'excuser de t'avoir abandonnée, insista-t-il. J'avais du travail, mais cela ne justifie en rien mon attitude.

— Excuses acceptées, répondit-elle.

Durant un long moment, il resta silencieux, et elle s'enquit :

— Pourquoi sommes-nous dans la baie de Santorin ? Je croyais que nous retournions à Athènes.

Damen passa son bras autour de ses épaules et l'entraîna sans mot dire vers le pont supérieur. Ce simple contact provoqua un séisme en elle, et elle mesura combien il lui avait manqué.

— J'ai changé d'avis. Je vais travailler depuis *l'Amphitrite* un peu plus longtemps, ce n'est pas un problème. J'ai pensé que tant que tu es en Grèce, tu aimerais visiter les îles.

— Tu… Tu veux dire que tu fais ce détour pour moi ? balbutia-t-elle, sidérée.

Ce n'était pas possible. Elle avait mal compris. Une attention pareille de la part de Damen Nicolaides relevait du miracle.

— C'est exactement cela, oui. J'ai eu envie de faire quelque chose pour toi. Tu as dit que tu n'avais jamais eu la chance de voyager alors que c'est ta passion. Nous sommes sur la mer Égée : rentrer tout de suite à Athènes aurait été très égoïste de ma part.

Steph se demanda ce qui était arrivé à son compagnon durant la nuit. Il lui faisait une place dans sa vie ? Il avait des regrets, et il lui présentait des excuses ?

— Allons, viens, dit-il en lui prenant le bras. Après un bon café, nous pourrons aller explorer Santorin.

Ils séjournèrent deux jours entiers à Santorin et, au grand étonnement de Steph, Damen prit plusieurs heures sur son temps de travail pour l'accompagner dans les dédales de la ville. Ils visitèrent ensemble ses splendeurs, admirèrent côte à côte ses célèbres fresques.

Puis, de Santorin, ils voguèrent à l'est et firent escale à Astypalée, Kos et Symi. Steph explora villes, musées et ruines, et prit l'habitude de s'offrir une ou deux heures de nage quotidienne dans les eaux cristallines. Jamais elle ne s'était sentie aussi détendue ; chaque jour apportait son lot de beauté, de paysages à couper le souffle. Chaque jour était une aventure, l'occasion de rencontrer des gens amicaux et de découvrir des lieux magiques.

Le soir, main dans la main, Damen et elle déambulaient

dans les rues étroites d'une petite cité, s'arrêtaient à une terrasse pour y boire un verre de vin sous une pergola. Elle adorait l'écouter lui parler de son pays.

Les goûts du milliardaire ne se portaient pas forcément sur le luxe. Comme elle, il appréciait la chaleur et la simplicité d'un petit bar ordinaire ou une longue promenade sur un sentier peu touristique. Steph aimait être auprès de lui. Sa compagnie lui devenait indispensable pour qu'elle ait le sentiment de profiter pleinement d'une sortie. La distance n'était plus de mise : ils suivaient leurs inclinations et se rapprochaient naturellement.

Souvent, ils dînaient à bord. Le chef leur concoctait un succulent repas, qu'ils prenaient sur le pont en regardant le soleil se coucher et allonger ses zébrures orangées dans un ciel aux bleus changeants. Steph ne se rappelait plus pour quelle raison elle avait été tellement en colère contre Damen.

Elle découvrit un matin qu'il avait versé le solde de la somme sur son compte. Lorsqu'elle l'interrogea à ce propos, il répondit qu'il lui faisait confiance. Selon ses termes, il ne doutait pas qu'elle remplirait le contrat avec le même talent que celui qu'elle avait montré jusqu'alors. Cette attention avait inondé son cœur de gratitude. Elle avait compris qu'il ne supportait pas qu'elle souffre des conséquences de la trahison de Jared – et son soutien lui était précieux. Jamais elle n'aurait osé espérer tant de générosité et, surtout, une telle confiance.

Aussi savourait-elle d'autant mieux ses activités touristiques : tous ses soucis s'étaient envolés, et elle se sentait légère comme une plume.

Mais… Il y avait une ombre au tableau, bien sûr.

Une semaine s'était écoulée depuis qu'ils avaient fait l'amour. Chaque nuit semblait interminable, et Steph se tournait en tous sens sur son matelas, cherchant le sommeil qui ne venait pas, hantée par le souvenir de ses caresses et du plaisir qu'il lui avait donné.

Elle avait envie de lui. Follement. Douloureusement. Désormais, elle savait ce qu'elle manquait, elle avait conscience du gâchis que représentaient toutes ces nuits de solitude. La frustration augmentait et, dans la journée, il suffisait qu'il la frôle subrepticement pour que son corps réagisse avec une force embarrassante. Chaque fois que Damen l'effleurait, elle était submergée de désir.

Comme ils venaient de redescendre dans la cour centrale, Steph leva les yeux sur les tours crénelées et leurs mâchicoulis se découpant sur le bleu profond du ciel.

— C'est la première fois que je visite un château, avoua-t-elle.

— J'avais deviné, souffla Damen à son oreille, faisant ainsi naître une myriade de frissons sur la peau fine de sa nuque.

— Vraiment ? s'étonna-t-elle.

— Tu n'as pas voulu en rater un centimètre carré, expliqua-t-il en riant. J'ai cru que tu allais exiger de passer la nuit sur les mosaïques.

Il n'avait pas tort : son enthousiasme avait tourné à l'hystérie, et elle avait probablement pris plusieurs centaines de photos. Le Palais des grands maîtres était un joyau de Rhodes, et elle était tombée amoureuse de chaque détail de l'édifice.

— Tu as été d'une patience d'ange, reconnut-elle. À ta place, n'importe qui d'autre m'aurait abandonnée à mes obsessions. Le moins que je puisse faire est de te retourner la faveur. Qu'est-ce qui te ferait plaisir ?

— Te faire plaisir me suffit amplement, répondit-il d'un ton si sincère qu'elle en eut mal au cœur.

Pourquoi ne voulait-il plus d'elle ? Son désir s'était-il éteint ?

— Que se passe-t-il ? s'enquit-il. Tu es toute pâle.

Elle était trop expressive, songea-t-elle sombrement. Et il avait l'art de lire en elle comme à livre ouvert.

— Dis-moi ce qui se passe, insista-t-il. Je vois bien que ton enthousiasme a fondu comme neige au soleil. Tu étais si joyeuse, au cours de la visite…

— Bien sûr, renchérit-elle. Visiter Rhodes, c'est une chance incroyable. Il y avait longtemps que je voulais venir ici, et la ville entière est un enchantement.

Son compagnon la dévisagea avec attention.

— Mais ? s'enquit-il.

— Mais…

Elle ne parvint pas à soutenir son regard. Et jamais elle ne pourrait lui avouer ce qu'elle ressentait.

— Il y a peut-être quelque chose qui te plairait, en dehors de la visite des cités antiques, suggéra-t-il. En tout cas, moi, il y a une chose que j'aimerais beaucoup faire…

Le cœur battant à coups redoublés, elle releva la tête vers lui. L'espoir renaissait en elle.

— Ah oui ? Qu'est-ce que tu voudrais, Damen ?

Les touristes étaient partis. Seuls les gardiens arpentaient encore la place. L'émotion qui s'engouffrait en elle était si intense qu'elle en avait mal. Incapable de détacher son regard du sien, elle attendait sa réponse comme si sa vie en dépendait.

Il s'approcha.

— T'embrasser, murmura-t-il. Te prendre dans mes bras. Te faire l'amour.

À peine eut-il prononcé ces mots qu'elle le vit se pencher sur elle, et elle ferma les yeux pour accueillir son baiser. Enfin, ses lèvres chaudes et fermes rejoignaient les siennes, et elle lui rendit son étreinte avec ferveur.

— Moi aussi, avoua-t-elle en l'entourant de ses bras. C'est que je veux.

Il sourit, lui prit la main et demanda très bas :

— Alors qu'est-ce qu'on attend, *agapi mou* ?

Le sort en était jeté. Dès qu'ils furent à bord du yacht, ils s'enfermèrent dans la suite de Damen, pour ne plus en sortir que le lendemain.

12.

Le retour vers la capitale prit plusieurs jours, et ils en savourèrent presque chaque heure ensemble. Quand Damen partait travailler dans son bureau, Steph grappillait quelques heures de sommeil. Leurs nuits étaient blanches, débridées, exquises. Et chaque fois qu'elle s'octroyait ces petites siestes, c'était lui qui venait la réveiller en se glissant près d'elle pour la combler de nouvelles caresses.

Malgré elle, elle se demandait de plus en plus souvent où les mènerait cette relation. Car c'en était une : si intense que soit leur passion, elle sentait leur complicité et leur entente croître à chaque instant. Oui, ce qu'ils partageaient était bien davantage que du sexe.

Ils étaient intarissables, bavardant du matin au soir, parlant de tous les sujets. Ils évoquaient l'enfance, les rêves qu'ils avaient eus, les jeux qu'ils avaient adorés. Elle lui parlait de ses goûts et lui des siens. Steph comprenait que Damen était un homme complexe. S'il se montrait très fier des succès universitaires de ses sœurs, il était souvent pudique au sujet de sa famille. Ils riaient, prenaient plaisir à passer du temps ensemble, à écouter de la musique ou à regarder un film quand, après avoir fait l'amour des heures durant, ils étaient trop fatigués pour recommencer, et trop fascinés l'un par l'autre pour se quitter dans le sommeil.

Steph était propulsée dans une nouvelle vie, mille fois plus intense, et elle s'émerveillait de cette relation faite d'attirance et de respect mutuel. Ils étaient à pied d'égalité, savouraient l'instant présent et n'évoquaient jamais le long terme.

Dans la cuisine ultramoderne du penthouse de Damen, comme elle avalait une gorgée de café, elle fut encore prise de nausée et se raidit. Il était temps de faire face à la réalité : elle avait du retard. Anxieuse, elle jeta un coup d'œil à la boîte rangée au fond de son sac. Elle avait acheté un test de grossesse à la pharmacie, ce matin, dès l'ouverture. Juste par précaution. Car dans la mesure où Damen s'était toujours protégé, il paraissait très improbable que…

Oui, se répéta-t-elle. Ce n'était qu'une fausse alarme. Un simple retard.

— Je crois que des félicitations sont de rigueur ! s'exclama Christo à l'autre bout de la ligne.

La voix à la fois blagueuse et réjouie de son ami laissa d'abord Damen perplexe.

— Pardon ?

Se levant de la grande table, au centre de la salle de conférences qui venait de se vider, il alla se poster devant l'immense baie vitrée. Le siège de l'entreprise familiale donnait sur le Pirée, depuis l'époque où ses premiers navires marchands avaient assis sa réputation et fait sa fortune.

— Tu es déjà de retour de voyage de noces ? s'enquit-il, étonné.

— Non. Mais Emma va se faire un sang d'encre quand elle apprendra ce qui se passe. J'ai préféré t'appeler pour que tu me racontes toute l'histoire toi-même.

Damen fronça les sourcils.

— Je n'ai aucune idée de ce dont tu me parles. Quelle histoire veux-tu que je te raconte ?

— Tu n'es pas au courant ?

Agacé, il soupira.

— Écoute Christo, j'ai passé l'âge de jouer aux devinettes et j'ai deux négociations à boucler avant un déjeuner d'affaire.

— Stéphanie et toi, répondit son ami, allant droit au but. Vous êtes dans la presse.

— Et alors ?

Il s'en fichait. Manos avait cessé d'importuner sa fille et suivi sa femme pour un petit voyage en amoureux dans le monastère italien déniché par Stéphanie. Clio était aux anges… Et lui aussi. Il n'aurait su dire depuis combien de temps il ne s'était senti aussi heureux. Dès le matin, en la quittant, il brûlait d'impatience de la retrouver le soir.

— Comment cela, « et alors » ? C'est tout l'effet que ça te fait ? lâcha son ami, visiblement choqué par son intonation blasée.

— Mais non… C'est juste que je ne m'intéresse pas à ce que dit la presse. Stéphanie a été d'accord pour passer deux mois avec moi.

Il préféra ne pas entrer dans les détails et garder le paiement de la jeune femme sous silence, afin que Christo n'interprète pas de travers le sens de leur marché : c'était trop compliqué.

— Je l'ai priée de tenir le rôle de ma petite amie, enchaîna-t-il. J'étais poussé au mariage et j'avais besoin d'une solution radicale. Tu sais que, pour moi, pas question d'envisager de finir avec la bague au doigt.

— Ah non ?

Une nouvelle fois, Damen observa un bref silence, contrarié par la réaction de celui qui le connaissait mieux que personne. Christo savait tout de sa vie. De son passé. Ou presque tout.

— Non, confirma-t-il. Cette option ne figure pas au tableau, et tu le sais. Je ne me marierai jamais.

Christo grommela quelque chose, et Damen crut discerner un juron.

— Tu es en train de m'annoncer que les nouvelles sont fausses ? Je peux donc dire à Emma que ce qu'on raconte sur Internet est inexact ?

Damen hésita. Au début, sa relation avec Stéphanie était une mise en scène. Mais maintenant… Il avait l'intention de demander à la jeune femme de rester vivre avec lui au-delà de la période du contrat. Jusqu'à ce que leur relation s'éteigne naturellement. Toute passion, à plus forte raison une passion aussi intense que la leur, était appelée à finir un jour ou l'autre. Néanmoins, tant qu'elle durerait, ils n'avaient aucune raison de s'en priver.

Avec embarras, il se décida à le confesser à Christo.

— Stéphanie et moi avons appris à nous apprécier, révéla-t-il.

— Oui… Et ?

— Comment cela ? Ça ne te paraît pas suffisant ?

Christo lâcha un long soupir.

— Bon, vous couchez ensemble. Jusqu'à maintenant, le monde entier était au courant sauf Emma. Je me suis arrangé pour qu'elle n'en ait pas vent, parce qu'elle se serait aussitôt mise à espérer plein de choses… Et puis, ce matin, j'ai pris connaissance de la nouvelle rumeur.

— Quelle nouvelle rumeur ? répéta Damen.

Il se demandait pourquoi ils étaient en train de perdre leur temps à propos de bruits répandus par des paparazzis.

— Tu ne sais donc pas… Ce qui signifie que c'est faux. Tu ne l'as pas mise enceinte. Tous les tabloïds affirment que vous attendez un enfant.

— Je… Je te rappelle tout de suite.

Le choc fut tel que Damen retourna s'effondrer dans son fauteuil avant de se mettre à rire. C'était ridicule. Il se tourna vers l'ordinateur, fit une recherche rapide dans la rubrique d'actualité et tomba sur une photo de Stéphanie, juste en bas de son appartement athénien. Elle souriait à l'objectif, et la date indiquée était celle d'aujourd'hui.

La légende proclamait :

« Toute frémissante d'excitation, Stéphanie Logan, la compagne de Damen Nicolaides, nous a confié être enceinte de quelques semaines : la grande aventure ne fait que commencer. »

Steph se sentait piégée. La journée avait filé à toute vitesse, et elle était restée momifiée sur le canapé. Elle n'avait eu aucune envie de ressortir après l'incident survenu en pleine rue, au matin, quand un homme lui avait collé l'objectif de son appareil-photo sous le nez. Elle n'avait pas eu envie non plus de prier le chauffeur de Damen de l'emmener visiter un musée ou un monument. En ce moment, comme le soir allait tomber, elle avait envie de… De quoi ? Elle n'en savait fichtrement rien. Son univers venait de basculer sur son axe.

Enceinte. Elle était enceinte de Damen.

Même maintenant, plusieurs heures après avoir pratiqué le test et contemplé le résultat, elle n'arrivait pas à y croire. Comment est-ce que cela avait pu arriver ? Malgré le préservatif systématique ? Certes, elle avait entendu parler d'accidents, mais les probabilités d'une faille étaient si faibles…

Posant sa main sur son ventre, elle se sentit envahie d'un vertige. Et si c'était vrai ? Et si une nouvelle vie était en train de s'éveiller en elle, en ce moment ? Pour la centième fois, elle se répéta que le résultat d'un seul test n'était pas fiable, et qu'elle devait consulter d'urgence un médecin. Pourtant… Elle se sentait déjà différente. Quand elle croisait les bras, ses seins étaient sensibles. Alors en ajoutant le retard de cycle, elle qui était réglée comme du papier à musique… Non. Cela ne prouvait rien.

Elle avait suivi la notice, songea-t-elle en se reprochant de ne pas avoir acheté plusieurs tests. Il demeurait possible qu'elle ait commis une erreur dans la procédure. Que la sensibilité de ses seins soit l'annonce de ses règles. Ou que…

Épuisée de retourner toutes ces questions dans son esprit depuis le matin, elle s'approcha de la balustrade en fer forgé de la terrasse du penthouse et balaya la ville d'un regard angoissé. Quel avenir se dessinait pour elle ? Elle n'avait pas de projet, pas de plan. Et son choc était tel qu'elle ne parvenait pas à réfléchir. Une étincelle d'excitation ne la quittait plus. Même si c'était un accident, même si c'était inattendu, même si elle était terrifiée… Son cœur rayonnait de joie.

— Tu profites du coucher du soleil ?

Elle sursauta, s'extirpant brutalement de sa rêverie, et se retourna. Derrière elle, la voix de Damen était grave. Plus froide que d'ordinaire.

Si elle était restée paralysée dans l'appartement presque toute la journée, c'était avant tout parce qu'elle redoutait sa réaction. Cent fois elle avait tenté de trouver les mots justes. Mais impossible de savoir à quoi s'attendre. Tous les scénarios défilaient dans son imagination, depuis la scène au ralenti, digne d'un film hollywoodien, où il la prendrait dans ses bras en poussant un cri de joie, jusqu'à l'image simple et explicite d'une porte qui claquerait pour se refermer à jamais.

— Tu es bien silencieuse, Stéphanie, observa-t-il en s'approchant. Tu n'as rien à me dire ?

Le ciel rougi par le coucher du soleil éclairait ses cheveux noirs d'un reflet mordoré. Comme toujours, il était sublime dans son costume de ville. Pourtant, son visage avait changé. Son sourire avait fait place à une expression fermée, inquiétante. Son regard émeraude était opaque.

Steph sentit un courant d'air glacé la parcourir. L'expression de Damen révélait une colère intense. Avait-il passé une journée si effroyable ?

— Parce que je ne m'attendais pas à te voir rentrer si tôt, répondit-elle en souriant. Tu m'avais dit que tu serais en réunion jusque tard.

— Oui, mais je me suis aperçu que j'avais besoin de te voir.

Elle frémit encore. Sa voix était métamorphosée. Il lui parlait sur un ton faussement détaché, et son commentaire n'avait rien d'un mot tendre. Elle eut aussitôt envie de l'aider à faire passer sa mauvaise humeur. Il travaillait trop.

— Qu'est-ce qui ne va pas ? Que s'est-il passé ? demanda-t-elle en faisant quelques pas vers lui.

Il recula d'un pas et, soudain, elle prit peur. Était-il arrivé quelque chose à sa mère ? Ou à Clio ? À une de ses sœurs, dont il lui avait tant parlé qu'elle avait l'impression de les connaître ?

— J'ai pensé que tu pourrais me le dire.

Il la toisa d'un regard dur et enchaîna :

— Tu n'as pas une nouvelle à m'annoncer ?

Tandis que son cœur battait sur un rythme frénétique, elle recula machinalement. Oh non…

— Tu… Tu es au courant ? balbutia-t-elle. Comment l'as-tu appris ?

— Appelle ça un sixième sens, lâcha-t-il avec cynisme.

Steph fronça les sourcils. Elle ne l'avait dit à personne. Le décalage horaire ne lui permettait pas de joindre sa grand-mère avant tard le soir, et Emma était encore en voyage de noces. De toute façon, elle n'aurait jamais accordé ni à l'une, ni à l'autre, la primeur d'une telle confidence : elle voulait d'abord l'apprendre à Damen.

— Je ne comprends pas, dit-elle. Par quel biais as-tu…

— Une chose après l'autre, Stéphanie, la coupa-t-il sèchement. Quelle nouvelle as-tu à m'annoncer ?

Elle se sentit devenir écarlate. Dieu seul savait de quoi il pouvait parler, puisqu'il était impossible qu'il soit au courant, à propos du bébé. En tout cas, son humeur massacrante ne s'améliorait guère en sa présence.

— Tu ne veux pas t'asseoir ? suggéra-t-elle en désignant le salon d'extérieur sur la terrasse. Je crois que cela vaudrait mieux.

Damen resta immobile et croisa les bras sur sa poitrine, et elle soupira.

— Bon, comme tu voudras. Je suis allée acheter un test de grossesse ce matin. Il semblerait que je sois enceinte.

Voilà, elle avait été directe. Son cœur martelait à coups lourds, et son compagnon n'avait… aucune réaction.

— Il semblerait ? répéta-t-il d'un ton peu amène.

Steph comprit qu'il n'avait pas l'air étonné.

— Je ne suis pas médecin, précisa-t-elle. Le test est positif. Mais je dois faire vérifier le résultat.

Haussant un sourcil, il lâcha un petit rire sarcastique.

— Tiens donc ! Comme c'est pratique…

Incapable d'en croire ses oreilles, elle le dévisagea. La colère qui le faisait bouillir depuis son arrivée était dirigée… contre elle !

— Mais… Ce n'est pas ma faute, balbutia-t-elle. Tu ne t'imagines tout de même pas que je l'ai fait exprès ? Nous avons couché ensemble tous les deux.

Elle aurait préféré dire « Nous avons fait l'amour », mais ces mots ne pouvaient franchir le seuil de sa bouche, tandis qu'il la fixait ainsi. Avec hargne. Comme s'il se tenait devant une inconnue.

— Et tu t'es toujours chargé de la contraception, lui rappela-t-elle, sur la défensive.

Elle n'y était pour rien !

— Tu me crois donc si naïf ? répondit-il. Peut-être enceinte, peut-être pas… C'est une vieille tactique qui a souvent porté ses fruits.

Ainsi, sa phobie ne l'avait jamais quitté. Il voyait des

femmes vénales partout et la prenait pour une manipulatrice. Et il l'accusait, à mot couvert, de simuler une grossesse afin de… De quoi ? D'obtenir une pension ?

Ignorant la cruauté de sa voix, qui lui rongeait la poitrine comme une coulée d'acide, elle le défia du regard.

— Que tu veuilles le croire ou non, Damen, c'est la vérité. Je peux comprendre que tu n'apprécies pas cette surprise, mais, de ta part, je m'attendais à une réaction plus mature.

L'homme qu'elle aimait n'aurait pas dû se comporter ainsi dans un pareil moment. Car elle l'aimait. Elle avait passé la journée à s'en rendre compte et à tenter de le nier. L'idée que leur relation prenne fin la plongeait dans un abîme de chagrin. Et de rage, aussi. Elle résistait difficilement au désir de le gifler.

Écœurée, elle lui tourna le dos pour rentrer dans le salon.

— Stéphanie ! tonna-t-il. Reste ici ! Nous n'avons pas terminé.

Tant pis pour lui. Elle refusait de rester plus longtemps en présence d'un ennemi. Quelqu'un qui choisissait de l'accuser sans tenir compte une seule seconde de sa sensibilité.

Comme il la suivait à l'intérieur, elle alla dans la salle de bains et revint lui tendre le stylet.

— Qu'est-ce que c'est que ça ? bougonna-t-il.

— Ta preuve. Je suis passée à la pharmacie ce matin pour acheter ce test.

Déjà, Damen haussait les épaules.

— Oui, bien sûr, tu as obtenu un résultat positif sur ce machin. Sinon, le bluff n'aurait aucune chance de fonctionner.

— Le bluff ? répéta-t-elle.

— Tu es vraiment une actrice remarquable, Stéphanie. De première classe. Mais je sais que tu mens. Sinon, pourquoi te serais-tu empressée de transmettre la nouvelle à la presse ? Tu essaies de me forcer la main, voilà tout.

— Quoi ? suffoqua-t-elle. Moi ? Tu m'accuses d'avoir…

Avant qu'elle n'ait eu le temps de terminer sa phrase, il sortit son mobile de sa poche et le lui mit sous le nez.

Médusée, elle fixa l'écran. Sur une photo d'elle se lisait la légende :

« Révélation choc pour le nabab de l'entreprise Nicolaides ! Un bébé ! »

Elle cligna plusieurs fois les yeux. C'était bien elle. La photo avait été prise le matin même.

— Alors ? demanda-t-il d'un ton triomphal. Peux-tu me dire où ils ont déniché ce scoop, si tu ne le leur as pas offert toi-même sur un plateau ? Pourquoi souries-tu ainsi sur ce cliché ?

— Mais…

Elle tâcha de rassembler ses esprits.

— Je souriais au portier de l'immeuble en rentrant de mes courses, expliqua-t-elle. Il se montre toujours très aimable avec moi. En sortant, je l'avais prié de m'indiquer la pharmacie la plus proche, et c'est en poussant la porte de l'immeuble pour remonter ici, que je suis tombée sur le photographe. C'est donc lui qui a vendu ma photo aux journaux…

Elle leva un regard atterré vers lui et enchaîna :

— Mais pourquoi crois-tu que j'aurais souhaité vendre un scoop pareil ? Pour quelle raison me précipiterais-je sur la presse à scandale ? Pour un peu de cash ? Parce que tu n'hésiterais pas à me jeter à la porte si tu apprenais que j'étais enceinte ? C'est ça ?

La réalité la frappait, impitoyable. Damen n'avait aucun respect, aucune forme d'estime pour elle. Au lieu de répondre à ses questions, il reprit son interrogatoire.

— Parle-moi de ce photographe, Stéphanie. Tu ne l'avais jamais vu auparavant ?

Elle ferma un instant les yeux et prit une longue inspiration. Il fallait qu'elle recouvre un peu de calme.

— Si, dit-elle. Quelques minutes plus tôt, je l'avais croisé chez le pharmacien.

— Et tu lui as parlé ?

— Non. Il était dans un rayon, à chercher ce qu'il voulait. Je n'ai parlé qu'au pharmacien en le priant de m'expliquer comment utiliser le test. Comme je n'étais pas sûre que cela fonctionne à un stade de grossesse si précoce, je lui ai également demandé de me le confirmer.

À sa surprise, Damen lâcha un profond soupir, fit quelques pas dans la pièce et conclut :

— Je te crois.

Steph fronça les sourcils.

— Oui, reprit-il, je te crois, parce qu'il est évident que le journaliste a bu chacune de tes paroles à la pharmacie. Il s'est contenté d'en tirer son titre sensationnel et a fait croire que tu t'étais exprimée sur le sujet en volant une photo.

Il lui prit la main et ajouta :

— Je suis désolé. Tu t'es fait piéger par un paparazzi. Je n'aurais pas dû douter de toi.

Elle restait interdite, incapable d'esquisser un mouvement. Elle se sentait vidée.

— Tu devrais aller te reposer, maintenant, suggéra-t-il. Tu es pâle comme un linge. Je vais faire venir le médecin.

— Le médecin ?

— Tu avais l'intention d'aller en consulter un, non ? lui rappela-t-il. Ce sera fait, et tu ne risqueras pas de croiser des escrocs si c'est lui qui te rend visite.

Steph hocha distraitement la tête et se dirigea vers la chambre. Un mauvais pressentiment la hantait. Elle aimait Damen. Elle était follement amoureuse de lui.

Or son comportement, le jour où ils apprenaient qu'ils avaient conçu un enfant…

Non. Son comportement n'était pas celui d'un homme qui saurait les aimer, elle et leur bébé.

13.

Immobile, tout au bout du matelas, Damen fixait l'obscurité. Stéphanie dormait. Il était minuit passé, la journée du lendemain s'annonçait très chargée, mais il ne pouvait fermer l'œil.

Contre toute raison, contre sa propre nature, contre son caractère et tout ce à quoi il avait cru jusqu'alors… Il voulait ce bébé. À l'instant où le généraliste avait confirmé la grossesse de Stéphanie, un sentiment inédit avait vu le jour en lui. Une joie mêlée de fierté, une impatience assortie d'angoisse, et un farouche élan protecteur. Il était prêt à tout pour veiller sur son enfant.

Pas question de devenir un père à temps partiel. Il voulait que le bébé grandisse auprès de son père et de toute sa famille, entouré d'amour. Comment persuader Stéphanie de rester en Grèce ? Peut-être serait-elle partante pour qu'ils élèvent leur enfant ensemble ? Si elle refusait, Damen le prendrait en charge tout seul. D'une façon ou d'une autre, il saurait la convaincre de renoncer à ses droits. Il lui proposerait de l'argent, et…

Quelle absurdité. Jamais elle ne serait d'accord. Et ce n'était pas ce qu'il souhaitait. Stéphanie ferait une mère parfaite. Elle était attentive, généreuse, dévouée… Elle avait un cœur d'or. Son amour des civilisations anciennes, sa curiosité, son honnêteté lui conféraient toutes les qualités pour offrir une éducation idéale.

Alors comment procéder ? Comment la convaincre de rester avec lui pour être ensemble les parents de leur enfant ? Si l'argent n'était pas un argument recevable, à quel moyen pouvait-il recourir ?

Las, il ferma les yeux, espérant que la solution lui viendrait à son réveil. La nuit portait conseil.

— *Ochi, baba... Ochi !*

Steph eut tout juste le temps d'entendre ces derniers mots, et elle se réveilla en sursaut. À côté d'elle, Damen remuait et gémissait. Il faisait un cauchemar.

La chambre était plongée dans le noir, et elle se redressa doucement pour poser une main sur ses épaules.

— Chut... Calme-toi, murmura-t-elle.

Elle sentit son grand corps se rebeller et s'arc-bouter. Aussi l'enserra-t-elle plus étroitement en plaidant :

— Damen, réveille-toi. Réveille-toi !

Soudain, il ouvrit grand les yeux.

— Tu as fait un cauchemar, expliqua-t-elle, tandis qu'il reprenait lentement ses esprits.

Il s'adossa à son oreiller et lui renvoya un regard perdu.

— Un cauchemar ? répéta-t-il d'une voix rocailleuse.

Elle prit sa main et entrelaça tendrement ses doigts aux siens.

— Tu te débattais, tu gesticulais, dit-elle.

— Vraiment ? Excuse-moi... Je ne voulais pas te réveiller. Tu as besoin de dormir, dit-il.

— Qu'est-ce qui t'a inspiré une telle angoisse ? s'inquiéta-t-elle.

Sa curiosité était piquée. Elle espérait que leur bébé ne provoquait pas un tel maelström d'émotions négatives chez lui.

— Je ne sais plus. Pardonne-moi. On essaie de se rendormir ?

Steph ouvrit la bouche pour l'interroger encore mais, déjà, il avait lâché sa main et lui tournait le dos. Elle soupira. Ce cauchemar révélait pourtant quelque chose… Damen était un homme si compliqué !

Elle renonça à le faire parler de son rêve, mais en calant son oreiller sous sa nuque, elle songea aux paroles qu'il avait prononcées. Certes, ses connaissances en grec étaient encore balbutiantes, mais elle savait que *ochi* signifiait non, et elle avait entendu Clio appeler son père *baba* : papa. Damen avait crié « Non, papa, non ! »

Et elle se rappela la douleur intense qu'elle avait lue sur ses traits, la seule fois où il avait évoqué son père devant elle. Ou plus précisément, la mort de son père.

Ils se levèrent relativement tard et prirent le petit déjeuner sur la terrasse, ce qui étonna Steph. En temps normal, Damen partait une bonne heure plus tôt.

— Tu ne vas pas travailler, aujourd'hui ? demanda-t-elle en dégustant sa salade de fruits frais de bon appétit.

Levant les yeux de sa tasse de café, il sourit.

— Pas aujourd'hui, non. Nous avons besoin de parler.

Il était pâle, observa-t-elle. Et son sourire déguisait mal sa nervosité. Quelque chose le tourmentait, et… Une vive terreur lui noua l'estomac. Sans savoir quelle force l'habitait soudain, elle s'écria :

— J'aurai ce bébé, Damen !

S'il avait espéré la convaincre de mettre fin à sa grossesse, elle préférait qu'il comprenne tout de suite que c'était non. Pas question.

Devant sa véhémence, il resta flegmatique : haussant un sourcil, il posa sa tasse sur la table et répondit :

— Fort bien. Tu m'en vois ravi.

Désarçonnée par ce changement d'attitude, elle le dévisagea d'un œil circonspect.

— Vraiment ? s'enquit-elle.

— Oui, vraiment. La famille est essentielle à mes yeux… Je veux ce bébé, moi aussi, Évidemment.

— Notre bébé, le corrigea-t-elle en ignorant les battements redoublés de son cœur.

Un immense soulagement l'inondait de joie.

— Exactement, acquiesça-t-il. Notre enfant, qui sera notre responsabilité. Tu vas me dire qu'il est un peu tôt pour cela, mais… As-tu pensé à son avenir ?

Steph fronça les sourcils. De quoi parlait-il ?

— Oui, répondit-elle.

Elle avait bombardé le médecin de questions au sujet de sa grossesse. Il lui avait donné des conseils sur le régime alimentaire à suivre, les aliments recommandés, les vitamines à prendre en complément. Mais elle avait conscience d'être projetée dans l'inconnu… Et qu'elle devrait apprendre énormément de choses pour devenir une bonne mère.

— Moi aussi, reprit-il. Et j'ai une proposition à te faire.

Malgré elle, elle sentit l'appréhension la gagner.

— Une proposition ?

Elle se tint très droite sur sa chaise et s'efforça d'ignorer l'accélération de son pouls. Un espoir fou était en train de se former dans son cœur. Et si ?

Non. Il ne fallait pas qu'elle s'attende à un miracle.

— Je t'écoute, souffla-t-elle.

Il se versa une autre tasse de café avant de plonger son regard dans le sien.

— Je te propose de rester avec moi, en Grèce.

Steph se sentit défaillir. Son excitation était à son comble.

— Et de m'épouser, ajouta-t-il.

Damen ne s'attendait pas à ce qu'un si long silence suive sa demande. Depuis une longue minute, la jeune femme restait face à lui, pétrifiée, le regard dans le vague.

— Ou si tu préfères, je te demande de devenir ma femme, reprit-il, doutant qu'elle ait bien compris.

— Mais… Tu as toujours dit que tu ne voulais absolument pas te marier, objecta-t-elle d'une voix faible.

— Tu te trompes, Stéphanie. C'est tout ce que je veux, au contraire.

Il n'y avait rien d'anodin à prononcer une telle déclaration, et il sentit une vieille angoisse lui nouer le ventre. Dans son esprit, l'idée même du mariage était inextricablement liée à la tragédie de sa famille. À l'erreur fatale, impardonnable, qu'il traînerait le restant de sa vie comme un boulet. Pourtant, il était certain que c'était la solution.

— Alors il va falloir que tu me le prouves, dit-elle en arrimant son regard inquisiteur au sien. Explique-moi ce qu'il s'est passé pour que, jusqu'à aujourd'hui, tu refuses d'envisager le mariage, pour que cette perspective te rende malade.

— Stéphanie, je…

— J'ai besoin d'entendre la vérité, Damen, tu comprends ? reprit-elle d'autorité. Comment puis-je te faire confiance si tu as un problème que tu refuses d'affronter ? Comment puis-je envisager de partager ma vie avec toi dans ces conditions ? Si tu as changé d'avis, sois honnête. Raconte-moi comment tu en es venu à changer de philosophie en une nuit.

Elle le plaçait au pied du mur. S'il se défilait, il courait le risque de la voir franchir le seuil de cet appartement pour de bon. Aussi, malgré ce que lui coûtait une telle confession, il s'y résolut.

— Parce que j'ai failli me marier autrefois, lui révéla-t-il, les dents serrées. J'avais vingt et un ans et j'étais amoureux. Ingrid était parfaite… Ou plutôt, je me l'étais imaginé. Intelligente, belle, elle était une compagne très agréable. Mon père m'a conseillé d'attendre. Mais j'étais jeune, impulsif, sûr de moi.

La jeune femme hocha la tête d'un air compréhensif.

— Et tu as ignoré ses conseils ?

Il haussa les épaules.

— Je l'ai écouté, sans me laisser convaincre. Une

semaine avant la cérémonie, je suis tombé sur le téléphone d'Ingrid. Ce qui a attiré mon attention, c'est qu'il s'agissait d'un autre appareil que celui qu'elle utilisait d'habitude. Je n'avais jamais vu cet engin-là, et en lisant le message qui s'affichait sur l'écran d'accueil, j'ai eu une sacrée surprise.

Il détourna les yeux et sentit sa compagne se crisper.

— Après le premier j'ai découvert tous les messages qu'elle partageait avec son petit ami. Quelqu'un qui était déjà dans sa vie quand je l'ai rencontrée. Tous les deux, ils s'étaient bien moqués de moi. Ma grande histoire romantique n'était que leur coup monté, un piège ourdi en duo pour me transformer en pompe à monnaie. Même avec un contrat de mariage, Ingrid devait toucher une pension très généreuse, si nous restions ensemble plus d'un an. Entre-temps, elle comptait me siphonner les poches dès que possible, dans les bijouteries et les boutiques de luxe.

Sidérée, Stéphanie battit des cils et demanda très bas :

— Tu veux dire qu'elle était sur le point de t'épouser et de te prendre de l'argent pour le remettre à son amant ?

— Exactement.

— Et... elle y est parvenue ?

— Non. Je l'ai quittée cinq jours avant les noces, souffla-t-il.

— Bravo ! Tu as bien fait de te débarrasser de ce parasite ! s'exclama-t-elle.

Une flamme intense éclairait ses grands yeux, et il lui fut reconnaissant de lui manifester cette loyauté.

— Ce n'est pas tout, reprit-il. Hélas. Mon père m'a prié de le retrouver à son bureau. Il était profondément déçu. Sans me laisser m'expliquer, il s'est lancé dans une diatribe sur la nécessité d'être constant, surtout quand on portait le nom et les responsabilités d'un Nicolaides. Il m'a dit qu'il songeait à me déshériter, qu'un homme devait le respect à sa fiancée, que j'avais déshonoré la mienne et provoqué un scandale inutile dans notre cercle à Athènes, et ainsi de suite. J'étais si jeune, si fier… Je suffoquais de rage et d'humiliation. J'attendais le moment de le clouer de stupeur en lui annonçant ce qu'Ingrid avait fait, j'attendais qu'il cesse de déclamer, tel un tribun sur une estrade, pour avoir la chance de le réduire à son tour au mutisme et à la honte.

— Et il a fini par se calmer, et tu as pu t'expliquer ? suggéra-t-elle.

— Non, asséna-t-il.

Il ignora la douleur qui lui vrillait le torse et enchaîna :

— Il s'est écroulé avant que j'aie eu le temps d'articuler une syllabe. Cette scène lui a causé une crise cardiaque mortelle. Il a rendu son dernier souffle avant l'arrivée de l'ambulance. J'ai bien tenté de lui appliquer les gestes de réanimation, mais… Cela n'a servi à rien.

Relevant les yeux vers le visage livide de Stéphanie, il conclut :

— Il est mort à cause de moi. Voilà pourquoi je me sens malade quand j'évoque le mariage. Cette institution me rappelle que mon père serait toujours vivant, si je n'avais pas sottement voulu me précipiter vers un autel et échanger des vœux avec la première qui me faisait les yeux doux. Mes choix ont détruit mon père, et c'est toute ma famille qui en a payé le prix.

La dominante de toutes les émotions qu'elle éprouvait était difficile à définir. Steph éprouvait une colère profonde vis-à-vis d'Ingrid. À cause d'elle, l'homme accablé, dans le siège face au sien, avait les yeux cernés, les traits tirés. Sa voix était devenue méconnaissable au fil de son récit.

Elle ressentait aussi beaucoup de chagrin, et de l'impuissance. Car elle se doutait que le discours qu'elle allait tenir n'avait aucune chance d'être reçu favorablement par son compagnon.

— Tu as choisi de porter la responsabilité de la mort de

ton père, mais c'est une erreur, Damen, commença-t-elle. Car il souffrait forcément d'une anomal…

— Tu n'as donc pas entendu ce que je t'ai dit ? la coupa-t-il. Il est mort à cause de mon comportement. Parce que je le décevais tellement qu'il s'en rongeait les sangs jour et nuit.

— Mais non, voyons… Tu ne…

— Stéphanie, l'interrompit-il, tu m'as posé une question. Je t'ai répondu. Tu n'es pas satisfaite ?

Il tourna la tête vers la ville et fit mine d'admirer le paysage… La conversation était terminée.

Steph se leva. Elle avait besoin de marcher. De prendre l'air.

Quelques heures plus tard, assise dans les ruines d'un ancien marché public, profitant de l'ombre sous le feuillage d'un arbre, Steph offrait son visage à la tiédeur de l'air. Elle avait également visité un temple, sans parvenir à se montrer sensible à sa beauté : son esprit était ailleurs.

Damen avait confondu la trahison de sa fiancée et la mort violente de son père dans un seul traumatisme, une seule douleur. Rien d'étonnant à ce que le mariage soit devenu sa phobie. Et elle comprenait mieux son cauchemar.

L'homme qu'elle aimait souffrait. Et il refusait son aide. En le voyant si bouleversé, elle avait envie de le prendre dans ses bras, de lui promettre qu'il pourrait toujours compter sur elle…

Mais il était incapable de la croire. Incapable de lui faire confiance. Incapable de suivre son cœur. Il préférait donner la priorité au soupçon. Lorsqu'il avait appris qu'elle était enceinte, qu'avait-il fait ? À sa place, n'importe quel homme aurait voulu savoir si c'était vrai. Damen, lui, l'avait accusée d'avoir ourdi un stratagème invraisemblable, de faire semblant de porter son enfant pour lui soutirer de l'argent.

C'était inextricable.

Il ne voulait pas d'elle. Il ne désirait pas se marier, non. Il tentait seulement de la retenir par un nouveau contrat.

Steph poussa un long soupir. Il était cruel d'abandonner un homme torturé par son passé. Mais plus cruel encore d'infliger deux parents malheureux à un enfant innocent qui les regarderait sans comprendre d'où venait leur accablement.

— Aussi, dit-elle en reposant son verre d'eau gazeuse, j'ai pris la décision de rentrer chez moi, en Australie.

Ces mots frappèrent Damen avec la puissance d'un gong, et il les entendit résonner dans son torse, se répercuter très loin dans ses entrailles… Luttant contre la nausée, il regretta d'avoir avalé ce succulent dîner.

— Mais je resterai jusqu'au terme de nos deux mois, ajouta-t-elle en esquissant un pâle sourire. Je tiens à honorer notre contrat.

Repoussant sa chaise, il se leva et alla contempler la voûte étoilée depuis la terrasse. Il sentit la main de Stéphanie se glisser dans la sienne et ne bougea pas.

Depuis de longues années, il avait appris à s'arranger avec la culpabilité. La réaction de Stéphanie était compréhensible. Légitime, même.

Il déglutit lentement.

Stéphanie le quittait.

Cette pensée était insupportable.

Stéphanie le quittait et partait à l'autre bout du monde avec leur enfant.

Il savait déjà que toute discussion serait inutile. Elle refuserait l'argent qu'il lui offrirait. Et qu'avait-il d'autre à offrir ?

Dévasté, il s'efforça de se dominer. Pourtant… Il fallait qu'il pose la question.

— Y a-t-il quelque chose que je puisse dire ou faire pour que tu changes d'avis ?

Il la fixa. Elle se mordit la lèvre, comme si elle retenait la réponse qui lui venait instinctivement. Durant une seconde, leurs regards se rencontrèrent, et il retint son souffle avec espoir.

— Non, dit-elle. Rien.

14.

Quelques jours plus tard, Damen se tenait devant sa mère dans le confortable salon de la belle demeure où il avait grandi, au cœur d'Athènes.

Son univers s'était dérobé sous ses pieds depuis le jour où il avait tout révélé à Stéphanie. Et surtout depuis qu'elle lui avait annoncé son retour en Australie au terme de leur arrangement. Pour la première fois de son existence, il se sentait désemparé, ne sachant quelle voie suivre. Malgré la douleur qui ne le quittait plus, il ne lui en voulait pas. Qui pouvait la blâmer de s'éloigner d'un homme ayant tué son père ?

Damen avait toutefois pris la décision d'avancer. S'il ne pouvait pas changer l'issue de sa relation avec Stéphanie, il ne regrettait pas pour autant de lui avoir dit la vérité. Au contraire, il sentait qu'il était temps d'en finir avec ce secret qui pesait trop lourd. Or la première personne à qui il devait la vérité était sa mère.

Il y avait un quart d'heure qu'il lui parlait et, après lui avoir exposé en détail les motifs de sa rupture avec Ingrid et son ultime entretien avec son père, il contempla le visage de sa pauvre mère. Son cœur se brisait à l'idée de ce qu'elle éprouvait.

— Oh ! Damen, soupira-t-elle en secouant lentement la tête et en serrant vivement sa main dans la sienne. Ce n'est pas vrai !

— Je suis désolé, maman. C'est vrai. Il y a dix ans, je t'ai donné une version édulcorée de ce qui s'était passé.

Il déglutit lentement et ajouta :

— Tu étais si désespérée… J'ai pensé que te raconter toute la vérité serait trop cruel. Ensuite, je me suis montré lâche.

Sa mère serra sa main dans la sienne avant de protester :

— Quelles absurdités tu t'es mises dans la tête, mon garçon ! Tu te trompes complètement. Tu n'as pas tué ton père.

Comme il ouvrait la bouche pour la dessiller, elle lui donna une petite claque sur la main et poursuivit :

— Damen, ton père était un homme bien, mais il avait ses défauts. Et il n'était plus lui-même, à ce moment-là. Il était dévoré par la peur.

— Par la peur ? répéta-t-il sans comprendre.

Jamais il n'avait vu son père trembler ou se déclarer vaincu. C'était un battant, au courage reconnu par ses collaborateurs comme par ses adversaires.

— Oui, la peur, confirma-t-elle. Pour son entreprise. Les temps étaient difficiles, tu manquais encore d'expérience et même s'il avait confiance en toi, il redoutait de te confier la direction de ses affaires alors qu'elles étaient en piteux état.

— Mais…

— Il est devenu sombre. Peu à peu, je l'ai vu s'enfoncer dans un pessimisme maladif. Et tu sais que ton père n'était pas comme ça : il avait toujours été positif. Les médecins l'ont averti qu'il se surmenait, que sa santé était mauvaise et qu'il était impératif qu'il lève le pied. Son cardiologue lui a ordonné de s'arrêter, après deux infarctus. Ton père n'a rien voulu entendre.

— Quoi ? s'étrangla-t-il. Deux infarctus ?

Comment avait-il pu ignorer que son père était si malade ?

— Je suis désolée, mon garçon. Je voulais que vous le sachiez, tes sœurs et toi, mais il s'est montré intraitable. Il répétait qu'il ne s'agissait que d'incidents sans importance alors que ces alertes étaient extrêmement sérieuses. On lui avait prescrit du repos, il était censé faire de l'exercice. Il a préféré travailler toujours plus tard pour remettre la compagnie à flot avant de t'en confier les rênes.

— Pourtant… Il ne m'a jamais parlé de me confier sa suite, objecta Damen. Pas une seule fois.

— Il comptait te l'annoncer juste après ton mariage. Tu n'es pas responsable de ce qu'il s'est passé. Il avait promis de prendre des congés et il ne l'a pas fait. J'ai tout tenté pour le persuader et j'ai échoué.

— Ce n'est pas ta faute, maman ! s'insurgea-t-il.

— Et ce n'est pas la tienne non plus. La cause de cette crise cardiaque, c'est son obstination, son refus d'écouter ses médecins.

Une larme roula sur la joue ridée de sa mère, et Damen se leva pour la prendre dans ses bras. S'il avait pu se douter…

Il était 17 heures. Steph lissa les pans de sa robe rouge en évitant de se contempler dans le miroir. Elle avait peur que son reflet lui révèle son chagrin.

Damen lui avait annoncé qu'ils prenaient le yacht pour assister à un cocktail, et elle espérait que la couleur intense de cette robe, ce ton de joyeux coquelicot, ferait oublier les ombres qui lui cernaient les yeux.

Elle passa sur son poignet le bracelet en argent que Damen lui avait offert à Rhodes. C'était une forme de jonc très simple, un bijou discret et élégant, qu'elle avait repéré dans la vitrine d'un artisan local. En le regardant briller, elle se rappela l'époque où elle avait le sentiment de s'embarquer vers tous les possibles, avec lui. Le temps où ils étaient follement heureux.

Elle soupira. La seule perspective qui lui restait était celle de devenir une mère célibataire. Oh ! bien sûr, elle regardait sa maternité comme un avenir exaltant et elle avait hâte de sentir son bébé dans ses bras, contre son cœur. Si seulement elle pouvait oublier ses rêves, son bonheur parfait lors de leur croisière. La joie fébrile qui était alors la sienne…

Il faudrait pourtant bien qu'elle apprenne à se contenter de ce qu'elle avait, pensa-t-elle. C'était le prix à payer pour être tombée amoureuse d'un homme qui ne pouvait pas l'aimer.

Encore deux semaines plus tôt, quand elle lui avait annoncé qu'elle ne l'épouserait pas, elle conservait un dernier espoir. Naïvement, elle avait cru qu'il se battrait pour la garder, pour la convaincre, pour l'empêcher de partir. Au lieu de quoi il avait accepté sa décision avec résignation.

Elle quitta sa cabine et, un quart d'heure après, Damen et elle débarquaient sur une petite île. Les lieux étaient charmants. La baie faisait scintiller ses eaux à teinte de saphir translucide et, dominant une plage apparemment privée, se dressait fièrement une demeure âgée de deux ou trois siècles. Avec ses tuiles en terre cuite et ses murs couleur miel, ses fenêtres allongées et ses persiennes blanches, elle avait une grâce particulière.

Steph emplit ses poumons des parfums de la mer et des hautes herbes qui poussaient sur un domaine mal entretenu.

— Qui habite ici ? s'enquit-elle avec curiosité.

Elle cherchait la lumière à travers les fenêtres, tendait l'oreille pour discerner une musique ou des éclats de voix… Mais les environs de la maison se révélaient étrangement silencieux.

— Cette propriété a été édifiée il y a très longtemps par un célèbre amiral, expliqua-t-il.

C'était la première fois qu'elle entendait la voix de Damen depuis qu'ils avaient quitté le yacht, et elle s'aperçut que sa voix était moins sombre qu'à l'accoutumée. Plus grave, plus… sensuelle.

— Et à en croire tout ce qu'on raconte à son sujet, il a également été pirate, ajouta-t-il. Sa maison te plaît ?

— Elle est sublime, acquiesça-t-elle.

— Après toi, dit galamment Damen, comme ils parvenaient sous le porche.

Le hall d'entrée était éclairé par les rayons encore vifs du soleil, et Steph leva les yeux vers l'élégant escalier incurvé.

— Par ici, indiqua-t-il en l'invitant à le suivre dans un premier salon au mobilier magnifique, mais usé et poussiéreux.

Steph balaya la pièce d'un regard circulaire. Personne. Aucun signe de vie. En se tournant vers une haute fenêtre, elle contempla le yacht de son compagnon et se rendit compte qu'aucun autre bateau n'était ancré à proximité.

— Damen, qu'est-ce qui se passe ? Que sommes-nous venus faire ici ?

En se retournant vers elle, il arbora une expression étrange. Presque intimidée.

— Voir la maison, dit-il. Je l'ai achetée. Avec l'île. Je compte en faire ma résidence principale et ma base de travail. Je pourrai me rendre à Athènes facilement : la situation est idéale.

Un large sourire se dessina sur ses lèvres, et il poursuivit :

— Bien sûr, la demeure a besoin d'une sérieuse rénovation, et peut-être d'une extension. Mais je crois qu'une fois les travaux réalisés, ce sera un lieu paradisiaque.

Steph était de son avis, mais elle n'était pas d'humeur à discuter d'aménagements intérieurs et de toute façon, elle ne tenait pas à s'intéresser outre mesure à la future résidence de Damen : ce serait retourner le couteau dans la plaie.

— Mais si nous ne sommes pas venus assister à un cocktail, pourquoi m'as-tu conduite ici ? insista-t-elle.

À sa surprise, elle vit le regard de Damen briller d'une espièglerie qu'elle n'avait pas lue dans ses yeux depuis bien des jours.

— C'est un enlèvement, lâcha-t-il très bas.

— Pardon ?

— Je t'enlève. La première fois, je ne m'y suis pas très

bien pris mais je pense avoir fait des progrès. Tu vas rester prisonnière sur cette île avec moi jusqu'à ce que tu acceptes toutes mes conditions.

Scandalisée, Steph le foudroya du regard.

— Quoi ? Tu ne peux pas faire ça !

— La preuve que si, répondit-il avec arrogance, affichant une expression triomphale.

— Tu n'as pas le droit ! glapit-elle, furieuse. Qu'est-ce que tu veux, Damen ? Un autre contrat ? Sache que je ne te donnerai jamais mon enfant et que je fuirai à la nage s'il le faut !

— Non, tu te méprends, je...

— Oh non, je ne méprends pas, j'ai très bien compris ! Si tu t'imagines qu'en me retenant ici tu vas me convaincre de te confier mon...

— Ce n'est pas le bébé que je veux, l'interrompit-il.

Cette déclaration la surprit tellement qu'elle resta coite un instant.

— C'est toi, ajouta-t-il.

— Tu... Tu ne penses pas ce que tu dis, balbutia-t-elle en sentant son cœur s'emballer dans sa poitrine.

— Au contraire. Pour la première fois depuis notre rencontre, je dis ce que je pense et je sais aussi ce que je veux.

La lueur qui brillait dans son intense regard vert fit renaître en elle l'espoir qu'elle s'acharnait à vouloir tuer.

— Et ce que je veux, c'est toi, Stéphanie. Pas seulement pour faire l'amour avec toi, et pas seulement pour partager la responsabilité d'être parent avec toi. Je te veux tout entière près de moi parce que tu tiens à moi. Moi aussi, je tiens à toi.

Tandis qu'elle retenait son souffle, elle le vit prendre son élan et enchaîner :

— Je t'aime, Stéphanie. Si tu veux bien nous accorder une chance, je suis certain de pouvoir te rendre heureuse. Tu pourrais même finir par m'aimer, toi aussi.

Le choc était si violent qu'elle recula de quelques pas et tomba dans un fauteuil.

— Ce n'est pas vrai, murmura-t-elle, sonnée. Tu n'es pas amoureux de moi…

Son cœur allait exploser. Le bourdonnement de ses tempes l'assourdissait.

— Si. C'est vrai. Tu m'as déjà accusé de mentir, *agapi mou*, et je regrette de t'avoir fait douter de ma sincérité. Mais je te donne ma parole d'honneur, ma parole de Nicolaides, que je n'ai jamais été plus sérieux. Je t'aime, répéta-t-il lentement en venant lui tendre les mains pour qu'elle se relève.

À contrecœur, elle le laissa la tirer du fauteuil et elle releva le menton vers lui. Mais l'effroi ne la quittait pas. Le regard qu'il plongeait dans le sien lui causait de tels frissons qu'elle était terrifiée. Déjà, elle sentait son corps réagir à sa présence. Son parfum de cèdre et de vétiver l'envoûtait.

— Non. Tu dis cela pour que je t'épouse. Pour que le bébé reste en Grèce et que…

Il serra très fort ses mains, et elle s'interrompit.

— Pour que tu m'épouses, oui, c'est exact. Plus que tout, je désire que tu sois ma femme. La perspective de te perdre m'a fait tant de mal qu'elle m'a guéri de ma phobie du mariage. Je me suis rendu compte que la vie est trop courte pour que je gâche un seul instant loin de celle que j'aime. Et puis j'ai eu une longue conversation avec ma mère. C'est toi qui avais raison. Mon père était gravement malade. Il a vraisemblablement fait un *burn-out* qui a aggravé son état cardiaque, et j'ai passé dix ans à me reprocher sa mort… Probablement pour me fournir quelques alibis. Quoi qu'il en soit, j'ai fait la paix avec cet épisode. Plus que tout, je veux devenir ton mari, Stéphanie, et si ce n'est pas ton souhait, tant pis, mais… s'il te plaît, reste. Donne-moi une chance de te montrer qu'ensemble nous pourrions être heureux.

Ensemble ? Vraiment, était-ce possible ? Elle s'aperçut que des larmes roulaient sur ses joues.

— C'est vrai ? Ta mère a réussi à te convaincre ? Tu as enfin compris que tu n'as rien fait de mal le jour où ton père est mort sous tes yeux ?

En prononçant ces mots, elle sentit une douce chaleur se répandre dans sa poitrine. L'amour qu'elle lui vouait était si grand… Et le savoir délivré de cette souffrance la comblait de bonheur.

Il porta sa main à ses lèvres pour y déposer un baiser et lança :

— Ma mère m'a également dit que je serais le dernier des imbéciles si je n'allais pas te dire tout de suite ce que j'éprouvais pour toi. Ce que j'étais déjà prêt à faire : je venais d'acheter cette maison. Je ne pouvais pas te laisser partir. Je t'aime tellement…

Les dernières résistances de Steph tombèrent.

— Oh ! Damen…

Dès qu'elle lui ouvrit les bras, il la souleva de terre et la serra si fort contre lui qu'elle en eut le souffle coupé.

— Moi aussi je t'aime, avoua-t-elle. Infiniment.

— C'est vrai ? demanda-t-il d'une voix bouleversée. Stéphanie, tu m'aimes ?

— Oui, je t'aime ! s'esclaffa-t-elle. Et, toi, tu m'aimes ?

— Laisse-moi te montrer à quel point.

Soulevée du sol, elle le laissa la porter et gravir le majestueux escalier qui conduisait aux chambres.

Le cœur battant sur un rythme endiablé, elle avait hâte de découvrir celle où ils feraient l'amour en tant que mari et femme.

Épilogue

Une brise fraîche soufflait dans les cyprès, mais le ciel était sans nuage. Damen porta son regard sur l'immense jardin, au-delà de la villa et de sa terrasse, où famille et amis s'étaient rassemblés. Toutes les marches de pierre qui séparaient le parc de la rive étaient décorées de fleurs rouges, la couleur favorite de Stéphanie. Des rubans écarlates flottaient aux poteaux du débarcadère où il se tenait à côté de Christo.

La beauté des lieux ne comptait pas vraiment, ni toute cette foule, même s'il se réjouissait que sa famille au complet assiste à la cérémonie. Ses sœurs étaient en train de bavarder avec Clio. Manos et son épouse semblaient lancés dans une grande discussion avec des amis, et des enfants couraient un peu partout entre leurs parents, leurs rires cristallins s'élevant dans la tiédeur de l'atmosphère.

On avait aménagé des rangs de fauteuils au dehors. La grand-mère de Stéphanie avait fait le voyage depuis l'Australie, et à en juger par le regard dont la couvait l'homme aux cheveux blancs qui lui servait de cavalier, venu avec elle, Damen fit le pari qu'un autre mariage serait bientôt célébré dans la famille.

— Emma s'est surpassée dans la préparation de nos noces, observa Damen avec gratitude.

— Je lui passerai le message de ta part, répondit son ami. Elle sera contente. Elle trépignait déjà d'excitation quand vous lui avez annoncé la nouvelle et elle est devenue extatique lorsque Stéphanie lui a dit qu'elle tenait à ce que vous soyez unis à Corfou.

— Disons que c'est un lieu très particulier pour nous, admit Damen.

Le lieu des retrouvailles. Du nouveau départ. Là où ils avaient commencé à devenir de faux amoureux... Désormais, cette pensée le faisait sourire.

— Du reste, les travaux de la nouvelle maison ne sont pas terminés, précisa-t-il.

— Si vous voulez, vous pouvez revenir ici pour le baptême, suggéra Christo.

Les premières notes de la marche nuptiale s'élevèrent. Elle était interprétée par un petit orchestre à cordes. Damen échangea un regard avec Christo puis se retourna lentement. Il entendit son cœur battre à toute force et fixa son regard sur Stéphanie qui s'avançait vers lui, souriante.

Dans sa robe de soie ivoire, sa chevelure d'ébène remontée en chignon savant, elle était d'une beauté spectaculaire. Le collier de perles et de rubis qu'il lui avait offert trônait à son cou. Elle tenait son bouquet de mariée contre son joli ventre rebondi et elle avait tout d'une princesse de conte de fées.

Dès qu'elle s'arrêta à sa hauteur, il sentit l'effluve vanillé de son parfum caresser ses narines et il déborda de bonheur.

Pourtant, il ne put s'empêcher de se pencher à son oreille pour murmurer :

— Tu es bien sûre de toi ?

Il avait proposé de reporter le mariage après la naissance du bébé pour qu'elle sache qu'il l'épousait pour elle, et non pour « faire ce qu'il fallait ».

— Oui, je suis sûre et certaine, répondit-elle. Je brûle d'impatience d'être ta femme.

Son regard brillant de mille éclats mordorés, elle le contempla d'un air grave et ajouta :

— Je vous aime, Damen Nicolaides. Et je vous veux, rien que pour moi.

Damen sourit, tandis que son cœur était inondé de joie.

— T'ai-je déjà dit que j'aime les femmes qui savent ce qu'elles veulent ?

Son émotion était trop intense. Tant pis pour la tradition. N'y tenant plus, il souleva son voile et l'embrassa voluptueusement.

En guise d'alerte, Christo s'éclaircit bruyamment la voix, et Damen rajusta le voile de sa fiancée, à contrecœur. Stéphanie lui souriait, et leurs regards ne se quittaient pas. Leur complicité était parfaite.

Cette journée était parfaite… Et ce n'était que le début.

Retrouvez prochainement,
dans votre collection

AZUR

L'enfant de Rio Bardales, de Kim Lawrence - N°4312

« C'est ma fille. » Les mots de Rio Bardales font frémir Gwen. Car, jusqu'ici, le redoutable milliardaire ignorait qu'il était père. Certes, lors de leur rencontre trois ans plus tôt, il s'était montré parfaitement clair : leur liaison serait nécessairement éphémère – et elle l'avait été. Mais aujourd'hui tout a changé : Rio s'est découvert une enfant et la revendique comme son héritière. Pire, alors qu'il n'éprouve aucun sentiment pour Gwen, il exige qu'elle devienne son épouse !

Le secret d'un homme d'affaires, de Cathy Williams - N°4313

Secrétaire particulière du très exigeant Matt Falconer, Violet a l'habitude de faire face à toutes sortes de situation, pour les régler avec son efficacité légendaire. Or, aujourd'hui que son patron se tient devant sa porte, elle se sent désarmée, impuissante. Car elle attend un enfant de lui ! Parce que tous deux se sont égarés au cours d'une nuit aussi folle que passionnée, Violet doit-elle accepter le mariage de convenance que lui propose Matt, alors qu'il n'a jamais été question d'amour entre eux ?

Sombres noces italiennes, de Caitlin Crews - N°4314

Elle doit l'épouser. Peut-elle choisir de l'aimer ? Pour l'innocente Angelina, un mariage avec Benedetto Franceschi devrait être terrifiant. L'énigmatique homme d'affaires italien n'a-t-il pas vu disparaître ses six précédentes compagnes dans des circonstances mystérieuses et inquiétantes ? Pourtant Angelina n'a pas peur, si ce n'est des sentiments intenses que son fiancé fait naître en elle. Auprès de lui, dans son château bâti sur une île isolée, elle se découvre une autre femme, pleine de désir…

La promise piégée, de Pippa Roscoe - N°4315

Ella est aussi innocente que Roman est sombre. Et leur rencontre dans un bois dense n'est en rien le fruit du hasard… Au contraire, c'est la vengeance chevillée au cœur que Roman aborde la jeune femme pour la séduire. Comme il l'avait envisagé, quelques beaux discours et des baisers tendres suffisent à convaincre Ella qu'il est digne de confiance. Mieux encore, l'homme idéal. Piégée par l'amour, la douce sera bientôt son épouse, et il sera temps alors, pour Roman, de lui révéler sa vraie nature…

Un contrat devant l'autel, de Chantelle Shaw - N°4316

Rien ne se passe comme prévu, pour Leah. Fiancée au gentil James, la voilà soudain seule devant l'autel… et contrainte d'épouser le sulfureux Marco De Valle. Cet homme sombre, et dont la cicatrice au visage rehausse la virilité, lui inspire un désir coupable. Car, entre eux, il ne s'agira que d'une union de convenance, permettant à Leah de toucher son héritage et à Marco d'offrir une figure maternelle à son fils, Nicky. Mais, à mesure que les époux se rapprochent, la tentation devient forte de donner à leur mariage une tournure sensuelle…

Cette nuit avec un prince, de Lynne Graham - N°4317

Un dernier péché avant de subir la pénitence d'un mariage… Contraint de prendre femme pour donner à son peuple l'héritier qu'il attend, Rafiq al-Rahman, prince du Zenara, décide de s'offrir quelques heures de liberté dans les bras d'une inconnue. L'innocente Izzy, femme de chambre dans le palace où il séjourne en Angleterre, est exactement celle qu'il recherche ! Non seulement elle ignore tout de son statut royal, mais ses manières naïves et la douceur de son regard représentent un défi supplémentaire pour lui. Et surtout, la promesse d'une nuit inoubliable…

La passion de Gia, de Jennifer Faye - N°4318

SÉRIE : *L'HÉRITAGE DES BARTOLINI* - 2/3

Elle n'est pas une Bartolini. Face à cette révélation qui fait éclater tous ses repères, Gia est aussi bouleversée que déterminée à retrouver son père biologique. Partie à la recherche de ses origines, elle arrive sur la petite île italienne de Lapri. Et, plus précisément, sur le pas d'une maison abandonnée dont le nouveau propriétaire l'accueille avec froideur. Riccardo Moretti est en effet persuadé que Gia est une intrigante, jusqu'à ce qu'elle lui raconte son histoire. Bientôt pourtant, tandis que la passion flambe entre eux, une question vient tarauder Gia. Se pourrait-il qu'en renouant avec son passé elle ait trouvé l'homme qui partagera son avenir ?

Liée à un Xenakis, de Maya Blake - N°4319

SÉRIE : *AUDACIEUX MILLIARDAIRES* - 2/2

Il y a deux mois, je me rendais chez Neo Xenakis pour m'excuser de l'erreur terrible que j'avais faite, et qui lui était préjudiciable. Seulement voilà, la passion a brusquement pris le dessus et, d'un regard intense à un baiser brûlant, je me suis retrouvée dans le lit du puissant Grec. Que dois-je faire aujourd'hui ? Avouer à Neo que j'attends un enfant de lui ? Parce qu'il est persuadé de ne pouvoir engendrer d'héritier, me croira-t-il quand je lui révélerai que notre unique nuit d'amour nous a liés à jamais ?

La révélation d'une maîtresse,
de Dani Collins - N°4320

SÉRIE : *FRÈRES RIVAUX* - 2/2

Neuf mois. Cela fait neuf mois que Javiero Rodriguez n'a pas revu Scarlett Walker. Aussi est-il stupéfait de la retrouver sur le point d'accoucher de son enfant ! Bien qu'il n'ait jamais envisagé de fonder une famille, il décide aussitôt d'assumer ses responsabilités en épousant Scarlett. Après l'enfance désastreuse qu'il a vécue, il veut offrir à son fils un foyer stable. Reste à convaincre Scarlett qu'une union de convenance est la seule option possible pour eux, malgré la passion qui les unit autant qu'elle les oppose…

La conquête d'une princesse,
de Rebecca Winters - N°4321

SÉRIE : *PRINCESSES ET MARIÉES* - 1/3

En tant que princesse, Lanza connaît son devoir. Bientôt elle épousera Stefano, le prince d'Umbriano, qu'elle n'a jamais rencontré. Cette union de pure convenance, décidée par leurs familles respectives, permettra une alliance entre leurs deux royaumes ; c'est une promesse de paix, et elle compte bien l'honorer ! Seulement, sa rencontre avec son futur époux la bouleverse. Stefano fait aussitôt battre son cœur, si bien que Lanza se prend à rêver que leur mariage puisse faire éclore de tendres sentiments…

Une héritière à dompter,
de Sharon Kendrick - N°4322

Plus jeune, Loukas Sarantos n'était qu'un simple garde du corps. Désormais, il est l'un des hommes les plus riches de la planète et peut s'offrir tout ce qui lui plaît. Alors, si son choix d'investissement s'est porté sur Lulu, une entreprise de bijoux aux ventes déclinantes, il ne s'agit pas d'un hasard. Non, s'il a racheté la firme, c'est pour avoir du pouvoir sur son égérie, Jessica Cartwright. Jessica, celle qui lui a brisé le cœur des années plus tôt, en refusant sa demande en mariage sous prétexte qu'il n'était pas assez riche pour la satisfaire. Mais aujourd'hui l'heure de la vengeance a sonné : Loukas tient le destin de Jessica entre ses mains…

OFFRE DÉCOUVERTE !

Vous souhaitez découvrir nos collections ? Recevez **votre 1er colis gratuit* avec 2 cadeaux surprises !** Une fois votre colis de bienvenue reçu, si vous souhaitez continuer à recevoir nos livres, cela se fera automatiquement. Vous recevrez alors vos livres inédits** en avant-première.

Vous n'avez aucune obligation d'achat et cette offre est sans engagement de durée !

*1 livre offert + 2 cadeaux / 2 livres offerts pour la collection Azur + 2 cadeaux. La collection Harmony démarre avec un premier colis payant à 20,16€ (frais d'envoi inclus). **Les livres Ispahan, Sagas, Gentlemen et Hors-Série sont des réédités.

☛ COCHEZ la collection choisie et renvoyez cette page au
Service Lectrices Harlequin – CS 20008 – 59718 Lille Cedex 9 – France

Collections	Références	Prix colis*
❑ **AZUR**	Z1ZFA6	6 livres par mois 29,39€
❑ **BLANCHE**	B1ZFA3	3 livres par mois 24,15€
❑ **LES HISTORIQUES**	H1ZFA2	2 livres par mois 16,89€
❑ **ISPAHAN**	Y1ZFA3	3 livres tous les 2 mois 23,85€
❑ **PASSIONS**	R1ZFA3	3 livres par mois 25,59€
❑ **SAGAS**	N1ZFA3	3 livres tous les 2 mois 28,26€
❑ **BLACK ROSE**	I1ZFA3	3 livres par mois 25,59€
❑ **VICTORIA**	V1ZFA3	3 livres tous les 2 mois 26,19€
❑ **GENTLEMEN**	G1ZFA2	2 livres tous les 2 mois 17,35€
❑ **HARMONY**	O1ZFA3	3 livres tous les mois 20,16€
❑ **ALIÉNOR**	A1ZFA2	2 livres tous les 2 mois 17,35€
❑ **HORS-SÉRIE**	C1ZFA2	2 livres tous les 2 mois 17,85€

N° d'abonnée Harlequin (si vous en avez un) ____________

Mme ❑ Mlle ❑ Nom : ____________

Prénom : ____________ Adresse : ____________

____

Code Postal : ____________ Ville : ____________

Pays : ____________ Tél. : ____________

E-mail : ____________

Date de naissance : ____________

❑ Oui, je souhaite recevoir par e-mail les offres promotionnelles des éditions Harlequin.
❑ Oui, je souhaite recevoir par e-mail les offres promotionnelles des partenaires des éditions Harlequin.

Date limite : 31 décembre 2021. Vous recevrez votre colis environ 20 jours après réception de ce bon. Offre soumise à acceptation et réservée aux personnes majeures, résidant en France métropolitaine, dans la limite des stocks disponibles. Prix susceptibles de modification en cours d'année. Vous pouvez demander à accéder à vos données personnelles, à les rectifier ou à les effacer. Il vous suffit de nous écrire en nous indiquant vos nom, prénom et adresse à : Service Lectrices Harlequin CS 20008 59718 LILLE Cedex 9. Service Lectrices disponible du lundi au vendredi de 8h à 18h : 01 45 82 47 47.